石頭記第五十五回

辱親女愚妾争閒氣
欺幼主刁奴蓄險心

話說剛将年事忙过鳳姐兒便小月了在家一月不能理事天天兩三個太醫用藥鳳姐兒自恃强壯雖不出門然籌畫計算想起什庅事来便命平兒去回王夫人任人諫劝他只不听王夫人便覺失了膀臂一

人能有許多精神凡有了大事自已主張将家中瑣碎之事都暫合李紈協理李紈是个尚德不尚才的未免逞縱了（下人）又王夫人便命探春合同李紈裁處只說過了一月鳳姐兒將息好了仍交与了他誰知鳳姐兒禀賦氣血不足兼且不知保養平生争强鬪智心力更虧故雖不係小月竟着寔虧虚下来一月之後添了下紅之症雖不肯

說出來象人看他面目黄瘦便知失于調養不令他操心他自已也怕成了大病遺笑于人便想偷空調養到八九月間才漸漸的還元過來下紅也漸漸止了此事〔是〕後話如今且說目今王夫人見他如此探春与李紈难暫〔以〕謝事園中〔人〕多又恐失于照管因又請了宝釵来托他各處小心老婆子們不中用得空兒吃酒鬪牌白日里睡覺

夜里鬭牌我都知道的鳳ㄚ頭在外頭他們還有个怕懼如今他們又該取便了好孩子你还是个安當人你兄弟妹〻們又小我又沒工夫你替我辛苦兩天照看〻凡有想不到的事你来告訴我别等老太〻問出来我沒話回那些人不好你只會說他不听你来回我别弄出大事来才好宝釵听說淂答應了時届仲春黛玉又犯了

嗽痰湘云亦因时氣所感亦卧病于蘅蕪院一天醫藥不断探春園子与李紈相住的間隔二人近日同事不比往年来往回話人等亦不便故二人議定每日早晨皆到園門口南边的三間小花厅上去会斉辦事吃过早飯于午後方回房這三間厅原為預備省親之事象執事太監起坐之處故省親之後也用不着了每日只有婆

手上夜如今天已和暖不用修飾只不过畧〻的鋪陳了便可他二人起坐這所上也有一匾題着補仁諭德四字家中俗呼叫議事所如今他二人每日卯正至此午正方散凡一應執事媳婦来徃回話者絡繹不絶衆人先听李紈獨辦各〻心中暗喜以為李紈素日是厚道多恩無罰的自然比鳳姐兒好搪塞便添了一个探春也

都想着不過是个未出閨閣的小姐且素日也最平和恬淡因此都不在意比鳳姐見前便慢怠了許多只三四日後幾件事過手漸覺探春精細處不讓鳳姐兒只不過言語安靜性情和順而已可巧連日有公王侯伯世襲官員十几幾處皆係榮寧非親即友之家或有陞遷或有黜降或有婚喪紅白等事王夫人和弔迎送應酬不

暇他二人便一日皆在所上起坐宝钗便一日在上房監察至王夫人回方散每日夜間針線暇時臨寢之先坐了小轎帶領園中上夜人等各處巡察一次他三人如此一理更覺比鳳姐兒当权时到更謹慎了些因而裡外下人都暗中抱怨說剛剛的倒了一个巡海夜叉又添三个鎮山太歲越發連夜里偷着吃酒工夫都沒了這

日王夫人正是往候（侯）府去赴席李紈與探
春早已梳洗伺候出門去後回至所上坐
了剛吃茶時只見吳新登的媳婦進来回
説趙姨娘兄弟趙国基昨日死了昨日回
过太〻太〻説知道了吽回姑娘奶〻来説
畢便要手旁侍再不言語彼时来回話者
不少都打听他二人辦事如何若办得妥
当大家則安个畏惧之心若少嫌隙不当

之處不但不畏伏一出二門还要編出許多笑話来取笑吴新登的媳婦心中已有主意若是鳳姐見前他便早已献勤說出許多主意来又查出許多旧例来任鳳姐揀擇施行如今藐視李紈老實探春是青年的姑娘所以只說出這一句話来試他二人有何主見探春便問李紈〻想了一想便道前見襲人媽死了听見賞銀四十

兩罷了吴新登家的听了忙荅應了是接了对牌就走探春道你且回来吴新登家的只得回来探春道你且别支銀子我且問你那几年老太太屋裏的几位老姨奶奶也有家裡的也有外頭的只兩个分别家里的若死了人是賞多少外頭的死了人是賞多少你且說兩个我們听听一向吴新登家的都忘了忙陪笑回說這也不是

什庅大事賞多少誰敢争不成探春笑道
這話胡鬧依你說賞百兩到好若不按理別
說你們笑話明見也难見你奶〻吴新登
家的咲道既這庅說我查旧賬去此時却
記不得探春道你辦事辦老了还記不得
到来难我們你素日回你二奶〻也現查
去若有這道理鳳姐〻还不算利害也就
算是寬厚了还不快找了来我瞧〻再遲不

説你們粗心反説我們没主意了吴新登
家的滿面通紅忙轉身出来衆媳婦們都
伸舌頭這里又回别的事一時取了旧帳
来探春看的兩个家里賞过皆二十
外頭的賞过四十兩外还有兩个外頭的一
个賞过一百兩一个賞过六十兩這兩筆底
下皆有緣故一个是隔省遷父母之柩外
賞六十一个是現買葬地外賞二十兩探

春便遞与李紈看了探春便給他二十两銀子把這賬留下我們細看吳家去了忽見趙姨娘進来李紈探春忙讓坐趙姨娘開口便說道這屋里的人都跴下我的頭去还罷了姑娘你也想一想該替我出氣才是一面說一面便眼淚鼻涕哭起来探春忙道姨娘這話說誰我竟不解誰跴姨娘的頭去頭說出我替姨娘出氣趙姨娘

道姑娘現蹓我〻告訴誰探春听說忙站
起来（趙姨娘又）說道我在這屋里熬油似的熬了這
庅大年紀又有你和你兄弟這会子連襲
人都不如了我还有什庅臉連你也沒臉
面別說是我了探春笑道原来為這个我
說我並不敢犯法違條一面便坐了拿賬
番与趙姨娘瞧又念与他听又說道這是
祖宗手里旧規矩人人都依着偏我改了

不成不但襲人将来环兒收了外頭的人自然也是同襲人一樣這原有什庅争大争小的事講不到有臉沒臉的話上他是太太的奴才我是按着旧規矩办説办得好領祖宗的恩典若説办的不匀那是他糊塗不知福也只好憑报怨去太：連房子賞了人我有什庅有臉之處一文不賞我也沒什庅沒臉之處依我説太：不在家

姨娘安静些養神罷了何若苦只要操心太
太滿心疼我因姨娘每〻生事几次寒心
我但凡是个男人可以出淂去我必早走
了立一番事業那時自有我一番道理偏
我是女孩兒家一句話也沒我乱說的太太
滿心里都知道如今因看重我才叫我照
管家務还沒作一件好事姨娘到先来作
賤倘或太〻知道了怕我為难不叫我管

那才正經沒臉姨娘真也沒臉一面說一
面不禁滚下泪来趙姨娘沒了別話答对
說太〻疼你越發拉扯〻〻我們你只顧討
太〻的疼就把我們忘了探春道我怎么
忘了叫我怎么拉扯這也問他們各人那
一个主子不疼出力得用的人那一个好
人用人拉扯的李紈在旁只管劝說姨娘
別生氣也怨不得姑娘他滿心里有拉扯

口里怎庅說的出来探春忙道大嫂子也
糊塗了我扯拉住拉誰〻家姑娘們拉住扯奴才
了他們的好歹你們該知道与我什庅相
干趙姨娘氣的問道誰吽你扯拉住別人去
了你不当家也不問你〻如今現說一是
一說二是二如今你旧〻死了你多給了
二三十金兩銀子难道太〻就不依你分明
太〻是好太〻多是你們尖酸刻薄可惜

太〻有恩無處使姑娘放心這也使不着
你的銀子明兒等出了閣我想你格外照
看趙家呢如今沒有羽毛就忘了根本只
楝〔揀〕高枝兒飛去了探春沒听完已氣得臉
白氣噎抽〻咽〻的一面問道誰是我舅
旧我旧〻年下才陞了九省檢点那里又
跑出一个旧〻来我到素習按理尊敬出
這些親戚来了既這樣說环兒出去為什

広趙國基又站起来又跟他上李為什広不拿出回〻款来何苦来誰不知道我是姨娘養的必要过两个月尋出由頭来徹底来翻騰一陣生怕人不知道故意的表白表白也不知誰給誰没臉幸虧我还明白但凡糊塗不知理的早急了李紈急的只管劝趙姨娘只管还嘮叨忽听有人説二奶奶打發平姑娘説話来了趙姨娘听説方

把口止住只見平兒走来趙姨娘忙陪笑
讓坐又忙向你奶〻好些我正要瞧去沒得
空見李紈見平兒進来因問他作什庅平
兒笑道奶〻說道趙姨奶〻兄弟沒了恐怕
奶〻和姑娘不知有旧例若照常例只得
二十兩如今請姑娘裁奪再添些也使得
探春早已拭去淚痕忙說道又好〻的添
什庅誰又是二十四个月養下来的不然

也是那出兵放馬背着主子逃命来的人
不成你主子真个到巧叫我開了例他做
好人拿着太〻不心疼的錢楽得作人情你
告訴他我不敢混添減、混出主意他要拖
恩䒭他好了出来愛怎庅添了去平兒一
来時已明白了一半了听這一番話越發
会意見探春有怒色便不敢以往日喜楽
之時相待只一边垂手默侍時值宝釵也

從房上中来探春忙起身讓坐未及開言又有一个媳婦回事因探春才哭了便有三四个小丫环（鬟）捧了沐盆手巾把鏡等物来此時探春因盤膝坐在矮板榻上那捧盒（盆）丫环（鬟）走至跟前便双膝跪下高捧沐盆那兩个丫环（鬟）也都在房（傍邊的）屈膝捧着巾帕並把鏡脂粉之飾平兒見侍書不在這里便忙上来與探春挽袖卸鐲又接過一條

大手巾来将探春衣襟遶了探春方伸手
開面（向）盆中洗手那媳婦便回道回奶奶娘
娘家斈裡支環爺和蘭哥兒的一年公費
平兒先道忙什厶你睁着眼見姑娘洗臉
你不出去伺候着二奶〻跟前你也這厶沒
眼色来看姑娘雖然恩寬我去回了二奶
奶只說你們眼里都沒姑娘你們都吃了
虧可別怨我唬得那个媳婦忙陪笑說我

粗心了一面忙退出去探春一面勻臉一面向平見冷笑道你遲了一步还有可笑的連吳姐々怎庅辦完了的事也不查清楚了就來混我們幸虧我們問他々竟有臉說忘了我說他回你主子事也忘了再找去我料着你那主子未必有耐性兒等你去找平見忙咲道他有這一次管包腿上的筋早已折了兩根姑娘別信他們那

廿六年十一月二日夜書了六頁

是他們聽着大奶〻是个菩薩姑娘又是腼腆小姐又向着門外說道你們只管撒野䓁奶〻大安了咱們再說門外的衆媳婦都笑道姑娘你是个最明白的人俗語說〻一人作罪一人當我們並不敢欺與小姐〻如今是嬌客認真惹惱了死無葬身之地平兒冷笑道你們明白就好了又陪笑向探春道姑娘知道二奶〻本來事太多

那里照看得這些保不住不忽畧俗語說旁觀者清這幾年姑娘冷眼看着或有該添該減的去處二奶奶沒行到姑娘竟一直添減了頭一件于太太有益第二件也不枉姑娘待奶奶的情義了話未說完寶釵李紈皆笑道好了頭怨不得鳳了頭偏疼他本來無可添減的事如今听你一說到要找出兩件來斟酌斟酌不辜負你這話探春

笑道我一肚子氣沒人煞性子正要拿他奶〻出氣去偏他蹦了来說了這些話叫我也沒了主意了一面說一面叫進方才那媳婦来問環爺和蘭哥兒家斈里支一年的銀子是作那一項用的那媳婦便回說一年斈里吃点心剩者買紙筆每位有八两銀子的使用探春道凡爺們的使用都是各屋里領了月錢的環哥的是姨娘

領二兩宝玉的是太〻屋里襲人領二兩
蘭哥是大奶〻屋里領怎庅學里每人又
多這八兩原来上學去的為這八兩銀子
從今兒起把這一項蠲了平兒回去告訴
你奶〻說我的話把這條務必免了平兒笑
道早就該免了旧年奶〻原說要免因年
下忙就忘了那个媳婦只得荅應着去了
就有大観园中媳婦捧了飯盒来侍書素

雲早已指过一張小飯桌来平見也忙着上菜探春笑道你説完了話幹你的去罷在這里又忙什庅平見笑道我原没事的二奶ゝ打發了我来一則恐這里人不方便原是叫我帮着妹ゝ們伏侍姑娘的探春因問宝姑娘的飯怎庅不搬来一處吃丫鬟們听説忙出至簷外命媳婦去説宝姑娘如今在厛上一處吃叫他們把飯送

到這里来探春听説便高声説道你别混支使人那都是辦大事的管家娘子們你們支使他要飯要茶的連个高低都不知道平兒這里站着你叫〻去平兒忙荅應了一声出来那些媳婦們都忙〻的拉住笑道那里用姑娘去叫我們已有人叫去了一面説一面用手帕撣在石磯上説姑娘站了半天乏了這太陽影里且歇〻

平兒就坐下又有茶房里的兩个婆子拿出个坐褥鋪下說石頭冷這是極乾净的姑娘將就坐一坐兒罷平兒忙陪笑道多謝一个又捧了碗精緻新茶出来悄悄笑道這不是我們的常用茶原是伺候姑娘們的姑娘且潤一潤罷平兒忙欠身接了因指眾媳婦悄悄說道你們也太鬧得不像了是姑娘家不肯發威動怒這是他尊重

你們就藐視欺負他果然招他動了大氣
不过說他一个粗糙就完了你們就吃不
了的虧他撒个嬌太ゝ也得讓他一二分
二奶ゝ也不敢怎広樣你們就這樣大胆
子小看他可是雞蛋往石頭上碰象人都
怪道我們何當敢大胆都是趙姨奶ゝ鬧
的平見道悄ゝ的罷了好奶ゝ墻倒衆人
推那趙姨娘原有些倒三不着兩有了事

都就賴他你們素日眼里没人心術利害我這几年难道还不知道二奶〻若是料差一点兒早被你們这些奶〻治倒了饒這庅着一点空兒还要难他一难好几次没落了你們的口声象人都道他利害你們都怕他惟我知道心里也就不筭不怕你們呢前兒我們还議論到這里再不能順頭順尾必有兩塲氣生那三姑娘雖是

姑娘你們都錯看了他二奶〻這些大姑子小姑子里頭也就只單畏他五分你們這会子到不把他放在眼里了正説着只見秋紋走来衆人忙赶着問好又説姑娘也且歇一歇里頭擺飯等撤下飯桌子来再回話去秋紋笑道我比不得你們我那里等得撤説着便直要上厠去平兒忙叫快回来秋紋回頭見了平兒笑道你又在

這里充什庅外圍的防護一面回身便坐
在平兒的褥上平兒悄〻問為什庅秋紋
道問一問宝玉的月銀我們的月錢多早
晚才領平兒道這什庅大事你快回去告
訴襲人說我的話凴有什庅事今兒都別
回若回一件管駁一件一百件管駁一百
件秋紋听了這是為什庅平兒与衆媳婦
等都忙告訴他原故又說正要找几件利

害事与有体面的人来開刀做法鎮壓与衆人作榜樣呢何苦你們先来硼在釘子上你去說了他們作一二件榜樣又碍着老太々太々若不拿着你們作一二件人家又說偏一个向一个仗着老太々太々威勢就怕他不敢動只拿着軟的作鼻子頭你听々罷二奶々事他还要駁兩件才壓的住家人口声呢秋紋听了伸舌笑道幸

而平姐〻在這里沒得燥一鼻子灰我趂
早知会他們去說着起身走了接着宝釵
的飯至平兒忙進來伏侍那时趙姨娘已
去三人在板床上吃飯宝釵面南探春面
西李紈面東衆媳婦皆在廊下靜候里頭只
有他們緊跟常傳的丫鬟伺候別人一槩
不敢擅入這些媳婦都悄〻的議論說大
家省事罷別要有沒良心的主意吳大

娘才都討了沒無話咱們又是什広有臉
的他們一邊悄議等飯完回事只覺里面
鴉鵲無聲並不听碗箸之聲一時只見一
个丫鬟將簾櫳高揭又有两个將桌擡出
茶房內早有三個丫頭捧着三沐盆水見
飯桌已出三人便進去了一回又捧出来
了侍書素雲鶯兒三个每入用茶盤捧了
三盖碗茶進去一時等他三人出来侍書

命小丫頭好生伺候着我們吃飯来換你們媳婦們方慢〻的一个〻的安分回事不敢如先前的輕慢踈忽了探春方漸氣平因向平兒道我們有一件大事早要和你奶〻商議如今可巧想起来你吃了飯起来宝姑娘也在這里咱們四个人商議了再細〻問你〻可行可止平兒荅應回去鳳姐兒因問為何去這一日平兒笑着道

将方才原故細〻說与他聽了鳳姐兒咲道好一個三姑娘我說他不錯只可惜命薄沒投托生在太〻肚里平兒笑道奶〻也說糊塗話了他便不是太〻養的難道誰敢小看他鳳姐兒咲道你那里知道雖然庶出一樣女兒却比不得男人将来攀親时如今有一種輕狂人先要打聽姑娘是正出是庶出多有為庶出不要的除不

知是别說庶出便是我們的丫頭比人家小姐还强呢将来不知那野没造化的挑庶悮了事呢也不知那个有造化不挑庶的得了去又向平兒笑道你知道我凡幾年生了多少省儉的法子大約一家子没有一个不背地里恨我的我如今也是騎上了虎了家里出去的多進来少凡有大小事仍是照着老祖宗手里規矩却一様見進的產

業又不及先時多省儉了外人笑話老太
太也受委曲家下人也怨恨刻薄若平兒道可不是
這話將来还有兩三个姑娘还有兩三个
小爺一位老太〻這幾件大事未完呢鳳
姐兒笑道我也慮到這里宝玉和林妹〻
他兩个一娶一嫁可以使不着官中的錢
老太〻自有梯已拿出来薛姑娘是大老
爺那边的也不筭剩了三兩个滿破着每

人花上一萬銀子環哥娶親現花三千兩
不拘那里省一抵子也勾了老太太的事
一應都是全了的不过零星雜項便費也
破着三五千兩如再儉省些陸續也就勾
了只恐平空再生一兩件事出来可就了
不得了咱們且别慮後事你且吃了飯聽
他商議什麽正碰了我的機會我正愁沒
个膀背雖有个宝玉他不是這裡頭貨總

收伏了他也不中用大奶々是佛爺爺奶奶
更不中用亦且不是這屋裡人四姑娘小
呢蘭小子更小環兒是个燎毛的小凍猫
子只等有熱灶火坑讓他鑽去罷真真一
个娘肚子里跑出這樣天懸地隔的兩个
人来我想到這里就不伏再者林丫頭和
宝姑娘他兩个到好偏又都是親戚又不
好管咱家務事況且一个是美人灯兒風吹

吹就壞了一个是拿定主意不干己事不
張口一問搖頭三不知也难十分去問他
只剩了三姑娘一个心里嘴里都也來得
又是咱家正人太〻又疼他雖然面上淡
淡的皆因是趙姨娘那老東西惱的心里
却是和寶玉一樣呢比不得環兒寔在令
人难疼要依我的性早攆出去了如今他有
這主意和他協同大家作个膀背我也不

張不獨了按正理良心上論咱們有這一
人帮着咱們也着些心太〻事也有些益
若按私心藏奸上論我也太行毒了也該
抽頭退步回頭看着了再要窮追苦尅人
恨極了暗地里尖藏刀咱們才四个眼睛
兩个心一時到不防到弄壞了趂着緊溜之
中他出頭一料理衆人就把往日咱們的恨
心恨暫可解了还有一件我雖知你極明白

恐怕你心里挽不回来如今嘱咐你他雖是
姑娘家他心里却是事事明白不过是言
語謹慎他比我知書識字更利害一層了
如今俗語擒賊必擒王如今他作法開端
倘或他要駁我的事你可别分辯你只越
恭敬越説駁的是才好千萬别想着怕我
沒臉和他一強就不好了平兒不等説完
便笑道你太把人看糊塗了我已行在先

了这会子又反嘱咐我鳳姐兒笑道我是
恐怕你心里眼里只有了我一概沒有别
人之故不得不嘱咐既行在先更比我明
白了你又急了滿口里你我起来平兒道
偏說你〻只若不依这不是嘴把子再打一
頓难道這臉上沒有嘗过的不鳳姐兒笑
道看我病的這樣还来慪我过来坐下横
豎沒人来咱們一處吃飯是正經說着豈

兒等三四个了頭進来放小坑卓子鳳姐兒只吃燕窩粥兩碟子精致小菜每日分例菜已暫減去豐兒便將平兒的四樣分例菜端至卓上與平兒盛了飯来平兒屈了一膝于坑沿上全身犹立于坑下陪着鳳姐兒吃了飯伏侍嗽畢口囑咐豐兒些話方往探春處来只見院中寂靜人已散出要知端的下回再談分解

石頭記第五十六回

敏探春興利除宿弊
時寶釵小惠全大體

話說平兒陪着鳳姐兒吃了飯伏侍盥漱畢囑付了豐兒些話才往探春處來只見院中寂靜人已散出只有丫鬟婆子諸內闈迎人進入廳中他姊妹三人正議論些家務說的便是年內賴大家請吃酒花園

中的事故見他来了探春便命他脚腤(杌踏)上坐了因説道我想的事不為别的因想着我們一月有二兩月銀外丫頭們又有另月錢前兒又有人回要我們一月所用頭油脂粉每人又是二兩這又同才剛斈里的八兩一樣重〻疊〻事雖小錢雖有限看起来也不妥當你奶〻怎庅就後(没)想到這个平兒笑道這有个緣故(姑)娘們所用的

这些東西自然是該有分例的每日買辦
買了令女人們各房處(分)與我們收管不过
預備姑娘使(們)用就罷了沒有一个天天各
人拿着錢找人買頭油又是脂粉去的理
所以外頭買辦總領了去按月使女人按
房處(分)與我們的姑娘們每月送二兩原不
是為買这些的原為的是一時當家的奶
〻太〻或不在或不得閒姑娘們偶然一

時可巧要几个錢使省得我人去非此恐怕姑娘們受委曲可知这个錢並不是買这个才有的如今我冷眼看着各房里的我們的姊妹都是拿錢買这些東西的竟有了一半我就疑心不是買辦脫了空遅些日子就是買的不是正經貨弄些使不得的東西搪塞探春李紈都笑道他也留心看出來脫空沒有也不敢只是遲些日子

催急了不知那里弄些〻来不过是个名兒其实是不用依然得現買就用这二兩銀子另教备〔别〕的奶媽子的或是兄弟哥〻兒子買了来才使若使了関〔官〕中的人依然是那一樣的不知他們是个甚麼法子必定是煩那鋪子里揀壞了不要的他們都弄了来单預備給我們平兒笑道買辦買的那樣他買好的来買辦豈肯與他善開交

又說使壞要奪这買辦了所以他們也這
得如此能可淂罪裡頭不肯淂罪外頭辦
事的人姑娘們只能可使奶媽子們他們
也就不敢有間外了探春道因此我心里
不自在錢費了几兩銀起東西来又白丟
了一半通算起来反費了兩折子不如竟
把買辦的每月蠲了為是此是第一件第
二件年裡往賴大家去你也去的你看他

那小園子比咱们这个如何平兒笑道有咱們这一半大樹木花艸也少多了探春笑道因合他們家的女兒説閒話兒誰知那麽个园子除他們帶了花吃的笋菜魚、蝦之類一年還有人包了去年終足有二百銀子剩從那日我才知道一个破荷葉一根枯草根都是值錢的宝釵道真、膏粱紈綺之談你们雖是千金小姐原不知

此事但你們都讀書識字的竟沒看見朱
夫子有一篇不自棄文不成探春咲道雖
也看过不过是勉人自勵虛比浮詞那里
都是真有的宝釵道朱夫子都有虛比浮
詞那句〻都是有的你才辦了兩天事就
利慾薰心把朱夫子看虛浮了你再出去
見了那些〻利弊大事越發把孔子也看虛了
探春咲道你這樣一个通人竟沒看見子

書當日姬子有云登利禄之塲処運籌之
界左窮堯舜之詞背孔孟之道宝釵咲道
底下一句呢探春咲道如今只斷章取意
念出一句我自已罵我自已不成宝釵道
天下没有不可用的東西既可用便值錢
難為你是聰明人这些正事大節目事竟
没經歷也可惜遲了李紈咲道叫了人家
来不說正事且你们對論學問宝釵咲道

學問中便是正事此刻于小事上用些學
问一提那小事越發作高一層了不如拏
學問提着便都流入市俗去了三人自是取
咲之談說咲了一回便仍談正事探春因
又接說道咱们這園子只筭比他们的多
一半加一陪筭一年就有四百銀子的利
息若此時也出脫生發銀子自然小器不
是咱们这樣人家的事若不派出兩个一

定的人来既有許多值錢之物一味任人
作踐也似乎暴殄天物如今何不在園子
里所有的老媽〻中揀出几个本分老誠
能知園圃中的事準派他們收什料理也
也不必要他們交租納税只問他們一年
可以孝敬些什么一則園子有專定之人
修理花木草水自有一年好似一年的也
不用臨時忙乱二則也不至作踐白辜負

了東西三則老媽们也可借此小補不枉年日在園中辛苦四則亦可以省些盤費将此有餘以補不足未為不可宝釵正在地下看壁上的字画听如此說幷他說完便咲道善哉三年之内無飢饉矣李紈咲道好主意这果然一行太太必喜欢省錢是小第一有人掃專司其職又許他人去賣錢使之以權動之以利再無不當賊的

了平兒道这件事須淂姑娘說出来我们奶〻雖有此心也未必好出口此刻姑娘們在園裡住着不能多弄些玩意兒去陪襯反叫人去監管修理圖省錢这話斷不敢出口寶釵忙走过来摸着他的臉兒咲道你張開嘴我瞧瞧你的牙齒舌頭是什麼作的從早起来到这會子你說了这些話一套一个樣子也不奉承姑娘也沒見

說你奶〻才短想不到也並沒有三姑娘說一句你就說一句是橫竪三姑娘一套話出来就有一套話進去總是三姑娘想得到你奶〻也想到了只是必有个不可辦的緣故這會子又是因姑娘住的園子不敢圖省錢令人去監管你們想〻这話若果真交與人弄錢去的那人自然是一枝花也不許掐一个菓子也不許動了姑娘

們分中自然不敢天〻與小姑娘們就吵
不清了他这遠愁近慮不亢不卑他奶奶
便不是和咱們好的听(聽)他這一說也必要
自愧的變好了不和也便和了探春嘆道
我早起一肚子氣听他來了忽然想起他
主子來素日當家使出出來好(的)撒野的人
我見了他更生氣了誰知他來了(壁)貓鼠
兒是(見)的站了半日怪可憐的接着又說了

好

那庅些話不說他主子待我好到說不枉
姑娘素日待我們奶〻的情意了这一句
話不但沒了氣我到愧了又傷心起来想我
一个女孩兒家自家還鬧的沒人疼沒人
顧的我那里還有好处處去待人口内說到
这這里不免又流下淚来李紈等見他說的
懇切又想他素日因趙姨娘每日誹謗在
王夫人跟前亦為趙姨娘所累亦都不免

流下淚來都忙勸他趁今日清净大家商
議兩件興利剔弊的事也不枉太太委托
一場又提这没要緊的事作什庅平兒忙
道我已明白了姑娘說誰好竟々派人就
完了探春道雖如此說須得回你奶々一
聲我們这里披剔小遺已經不當皆因你
奶々是个明白人我才这（這）樣行若是糊塗
多歪多怪的我也不肯到像抓他的乖一

般豈可不商議了平兒咲道既這庅樣我去告訴一聲說着去了半日方回来咲道說是白去一淌這樣好事奶〻豈有不依的探春聽了便和李紈命人將園中所有的婆子的名单要来大家參奪大槩定了几个又將他們一齊傳来李紈大槩告訴與他們衆人聽了無不願意有說那一片竹子交給我一年工夫明年又是一片除

了家里吃的笋一年還可交些錢粮这一个說那一片稻地交給我一年額的這些大小雀鳥的粮食不必動關中的錢粮我還可以交錢粮探春才要說話人来回大夫来了進園瞧姑娘衆婆子只得去領大夫平兒忙說单你們中有一百个也不成个体統难道沒有兩个管事的頭腦帶進大夫来回事的那人說有吳大娘合單大

娘在南角門上聚錦門等着呢平兒听說
方罷了衆婆子去後探春問宝釵如何宝
釵咲道幸於始者怠於終繕其辞者嗜其
利探春听了点頭稱讃便向冊上指出几
个人来與他三人看平兒忙去取筆硯来
他三人說道这一个老祝媽是个妥當的
他老頭子和他兒子代〻都是管打掃竹
子如今竟把这所竹子交與他这一个老

四媽本是種庄家的稻香村一帶凡有菜蔬稻稗之類雖是頑意兒不必太認真大耕大治也須淂他去再一按時加些培植豈不更好探春又咲道可惜蘅蕪院和怡紅院这兩處大地方竟沒有出利息之物李紈忙咲道蘅蕪院更利多如今香料舖並大市大廟賣的各処香料香艸兒都不是这些東西算起来比別的利息更大怡

紅院不要說別單只說春夏天一季玫瑰花有几百顆共[信]下多少花还有籬笆上薔薇花月季宝相金銀藤单这些没要緊的草花干了賣到茶葉鋪去也值几个錢採春道原来如此只是弄香艸的没有在行人平兒忙咲道跟宝姑娘的鶯兒他媽就就是弄这个的上回他还採了些晒干了辮成花藍葫芦給我頑的姑娘到忘了不

成宝釵忙道我纔讚你〻到来提弄我了

二人都吔意（咤異）都問这是為何宝釵道断（斷）乎

使不得你們这里多少得用的人一个一

个閒着没事辦这會子我又弄个人来叫

那起人連我也看小了我替你們想出一

个人来怡紅院有个老葉媽他就是茗烟

的娘那是个誠實老人家他又合我們鶯

兒的娘極好不如把这事交與葉媽他有

不知的不必咱们說就我鶯兒的媽去商議了那怕葉媽全不管竟交與那一个那是他们私情兒有人說閑話也就怨不到咱們身上了如此一行你們又辦得至公于事又甚妥李紈平兒都道是極探春咲道雖如此只怕他們見利忘義平兒咲道不相干前日鶯兒还認了葉媽做干娘請吃飯吃酒兩家合厚的好的很呢探春听說

方罷了又共同斟酌出几（幾）丁人來俱是他
四人素昔冷眼取中的用筆圈出一時婆
子們來回大夫已去將藥方送上去三人
看了一回遣人去取藥監派調服一面探
春與李紈明示諸人某人管某事除家中
定例用多少外餘者任憑你們採取剩（利息）年
終算賬房（若）仍是上頭的又是添一層管主
还在他们手心里又剩一層皮这如今我

們冉出这事来派了你們已是跨过他們頭去了心里有氣只說不出来你們年終去歸賬他還不捉弄你們等甚（什）庅再者这一年间管甚庅的主子有一全分他们就淂半分这是家裡的舊例（禮）人所共知的偷着的在外如今这園子是我的新創竟不要入他们的手每年歸賬竟歸到里頭來才好宝釵咲道依我說里頭也不用帰賬

这个多了那个少了到多了事不如向他
們誰領这一分他就攬一宗事去不過是
園裡人的動用我替你們算出来了有限
的几宗事还（不）过是頭油脂粉香紅每一位
姑娘几个了頭都是有定例的再者各處
若帚（掃）撮簸担子並大小禽鳥鹿兔（兔）吃的粮
食不过这几樣都叫他們包了去不用賬
房裡去領錢你算々就省下多少来平兒

咲道这凡（幾）宗雖小一年通共算了也省得下四百兩銀子宝釵咲道却又来一年四百兩二年八百兩取租的房錢也能剩得了凡（幾）间薄地也可添凡（幾）畝雖然还有甫（富）餘的但他們既辛苦閙一年也要他們剩些粘補〻〻自家雖是興利節用為綱然亦不可太嗇總再省上二三百銀子失了大体統也不像所以如此一行外頭賬房裡一

年少出四五百銀子也不覺得很艱嗇了他們里頭却也得些小補這營生的媽媽們也寬裕了園子里花木也不似每年滋長蕃(孳)盛你們也得了可使之物這(再)庶(剩)几(錢)個錢來凡有些餘利的一槩入了關中那時里外怨声載道豈不失了你們這樣人家的大(大)体如今這園里凡(幾)十个老媽媽們若只給了這几个那剩的也必抱怨不公我

才說的他們只供給这几个樣也未免太寬裕了一年竟除这个之外他每人不論有餘無餘只叫他拏出十貫錢來大家湊齊單散与这些園内的媽〻們他們雖然不料理这些却日夜也是園中照看當差之人関門閉户起早睡晚大雨大雪姑娘們出入一應粗糙活計都是他們的責任一年在園内辛苦到頭这園内既有了利

年息屈園內辛苦到頭這園內既有了利息
也是分內該沾帶些的還有一句至知的
話越索性說破了你們只管了自已寬裕不
公與他們些他們並不敢明怨心里却都
不服只用假公濟私多摘你們几幾个果子
多摘几幾枝花兒你們有寃沒處訴去他們
也沾帶些利息你們有照顧不到他們就
替你們照顧了衆婆子听聽了這个議論又

不去賬房受轄制又不與鳳姐兒去筭賬
一年不過多拿出十貫錢来各各歡喜異
常都齊聲說愿意強如去被他揉搓着還
得出錢呢那不得管他的听（聽）了每年終又
無故得分錢也都歡喜起来口內說他們
辛苦收什是該剩些錢沾補的我們怎好
穩坐吃三涇宝釵笑道媽媽們也不要推
辭（辭）了這愿（原）是分內應當的你們只管夜裡

辛苦些不要躲懶縱放人吃酒賭錢就是
了不然我也不該管這事你們一般聽見
姨娘親口囑咐我三五回說大奶奶如今
又不得閑兒別的姑娘又小托我照看照
看我若不依分明是叫姨娘操心我們奶
奶又多病多痛家務也忙我原是個閑人
便是个街坊隣居也要幫着些何況是親
姨娘托我免不得出小就大講不的衆人嫌

我倘只顧了小分沽名吊譽那時酒醉賭
輸生出事来我怎庅見姨娘你們那時後
悔也遲了就連你們是三四代的老媽〻
最是循規蹈矩的原該大家齊心顧些體
統你們反縱放別人任意吃酒賭賻姨娘
聽了教訓一塲猶可倘若被那幾个管家
娘子听見了也不用回姨娘竟教導你們
一塲你們这年老的反受了年小的教訓

雖是他們是骨家骨的看你們如何自存
些体面他們如何得来作踐所以我如今
替你們想出这个額外的進益来也為大
家齊心把这園里周全得謹謹慎慎使那
些有權勢的看見这般嚴肅謹慎且不用
他們操心他們心里豈不敬服也不枉替
你們这耽憂你們去細想这話衆人都歡聲
鼎沸說姑娘說的很是從此姑娘奶奶只

管放心姑娘奶奶這樣疼顧我們我們再
要不休[體]上情天也不容了剛說着只見林
之孝家的進來回說江南甄府里家眷進
京昨日到京今日進宮朝賀此刻先遣人
來送禮請安說着便將禮單送上去探春
接了看道是上用粧蟒[莽]十二疋上用襍緞
十二疋上用各色十二疋上用宮紬十二
疋官用各色緞紗紬綾二十四疋李紈也

看過忙說用上等封兒賞他因又命人去回
賈母賈母便命人叫李紈探春宝釵等也
都過來問安將禮物一併看了李紈命收
過一遍等太太回來看了再收賈母因說
這甄家又不與別家相同上等賞封兒賞
男人只怕轉眼又打發女人來請安預備
下尺頭要緊一語未了果然人回甄府四
个女人來請安賈母听了忙命人帶進來

那四个女人都上四十往上年紀穿戴之物皆比主人不甚差别請安問好畢賈母便命拿了四个脚踏来他四人坐了謝過待宝釵坐了方都坐下賈母便問多咱晚進京的四人忙起身回說昨日進京的今日太太帶了姑娘進宫請安去了故先令女人們来請安問候姑娘們賈母笑問这些年没進京也想不到今年来四人也都

笑回道正是今年乃奉旨進京的賈母問
道家眷都來了四人回說老太〻和哥兒
兩位小姐兒并別位太〻都沒來就只太
太帶了三姑娘來了賈母道有了人家沒
有四人道尚沒有賈母笑道你們大姑娘
和二姑娘這兩家和我們家甚好四人道
正是每年姑娘們有信回去說全虧府上
照看賈母笑道什麼照看原是世交又是老

親原應當的你們二姑娘更好竟不自尊
自貴所以我們才走得親密四人笑道這
是老太太過謙了賈母又問這哥兒也跟着
你們老太太四人回說也是跟着老太太
賈母道幾歲了又問上學不曾四人笑說
今年才七歲因長得齊整老太太很疼自
幼淘氣異常天天逃學老太太不十分教
管賈母笑道也不成我們家了你這哥兒

叫什麽名字四人道因老太〻當做寶貝一般他又生得白老太〻便叫做寶玉賈母笑向李紈等道偏也叫個寶玉李紈等忙欠身笑道從古至今同時隔代重名的很多四人也笑道起了這個小名字之後我們家上下都猜疑不知那位親友家也到似曾有了一個的只是這十來年沒有進京来都記不清了賈母笑道豈敢是孫子

人来衆媳婦丫頭答應了凡〻一聲来了凡幾个賈母笑道園里把咱們宝玉叫了来給这四位管家娘子瞧〻比他們宝玉如何衆媳婦听聽了忙去了半刻圍了宝玉進来四人一見忙起身笑道唬了我們一跳这若是我們不進府来〻倘若别處見了還只當是我們的宝玉後赶着也進了京呢一面上来都拉他的手問長問短宝玉

住也笑了問好賈母笑道比你們的如何
李紈等笑道四位媽〻才一說可知是模
樣相倣了賈母笑道那有這樣巧事大家
子的孩子們最養的嬌嫩除了面上有殘
疾十分黑醜的大概看去都是一樣的齊
正整這有也沒有什麼怪處四人道如今看來
模樣是據老太〻說淘氣也一樣我們看
來這位哥兒性情都比我們的好些賈母忙

問怎見得四人笑道方才我們拉哥兒的手說話便知了我們那一个只說我們糊塗漫說拉手他的東西我們畧動一動也不依所使的人都是孩子們四人未說完李紈姊妹禁不住失聲笑起來賈母也笑道我們这會子打發人去見了你們宝玉若拉他的手他也自然勉強忍耐一時的可知你我这樣人家的孩子們憑他有什

広刁鑽古怪的毛病兒見了外人必是要還出正經禮来这樣人家的孩子斷不容他刁鑽去了就是大人溺愛的是他一則生的得人意二則生的渴禮數竟比大人行出来的不錯使人見了可愛可憐背地里所以才縱他一點子若一味他只管沒禮礼不與大人争光憑他生的怎樣也是該打死的四人聽了都笑道說老太〻这

話正是雖然我們寶玉淘氣古怪有時見
了人客規矩禮更比大人有趣所以無人
見了不愛只説為什庅還打他殊不知他
在家里無法無天大人想不到的話他偏
會説想不到的事他偏要行所以老爺太
太恨的無法常説弄性也是小孩子的常
情都還治的過來第一種ヲ鑽古怪的脚
氣如何使的一語未了人回太太來了互

王夫人進來見過賈母四人也都請過安王
夫人親自捧过茶来方退出去四人告辭
賈母便往王夫人處来說了一回家務發
他們回去不必細說这里賈母喜的逢人
便告訴也有个宝玉一模一樣行事行景
象人都說天下之大世宦之多同名者也
多祖母溺孫ゝ古今所有常事並不是什
庅罕事故皆不介意独宝玉是个迂濶獃
呆
獃的性情因為那四个人承悅賈母之後

至園看湘雲病去史湘雲説你放心鬧罷単絲不成線獨樹不成林如今有了个對子鬧急了再打狠了你就逃走到南京找那一个去宝玉道那里的謊話你也信了偏又有个宝玉了湘雲道怎庅列國有个藺相如漢朝又有个司馬相如呢宝玉笑道这也罷了偏又模樣兒也一樣这是没有的事湘雲道怎庅人看見孔子只當是陽

貨呢寶玉笑道孔子陽貨雖同貌却不同名姓藺相如雖同名不同貌偏我合他就兩樣俱同不成湘雲沒了話答對因咲道你只會胡攪我也不和你分証有也罷無也罷與我無干說着便睡下了寶玉心中便又疑惑起来若說必無然亦似有若說必有又並無目覩心中悶悶回至房中榻上默默盤算不覺就忽忽睡去只覺到了一座花園之

内宝玉吔〔咤〕意〔異〕道除了我們大觀園還有这
庅座園子正疑惑間從那边来了几个女
児都是丫环〔鬟〕宝玉又吔〔咤〕意〔異〕道除鴛貴〔央〕襲人
平見之外也竟還有这一干人只見那些
丫环〔鬟〕笑道宝玉怎庅跑到这里来了宝玉
只當他説自己忙〻来陪笑説道因我信
步到此不知是那位世交的花園姐〻带
我曠〻象丫环〔鬟〕都笑道原来不是咱們家

的宝玉他生得到也还干净嘴見也到乖巧宝玉聽了忙道姐々們这里也竟還有个宝玉底丫頭道宝玉二字我們是奉老太々太々之命為保佑他延壽消災我們叫他宝玉他聽見了喜歡你是那里遠方来的一个臭小厮也乱叫起来仔細你的臭肉打不爛你的又一丫鬟笑道咱們快去罷别叫宝玉看見又說同这臭小子說

諾了把咱們薰臭了說着一邊去了寶玉
納悶道從來沒人如此荼毒●我他們如何
竟這樣真亦有我這樣一人不成一面想
一面順步早到了一所院子內寶玉又吒咤
意異道除了怡紅院也竟還有這个院子忽
上了台磯進入屋內只見榻上有一人臥
着那邊有几个女兒作針線或嬉笑頑耍
的只見榻上那个少年嘆了一口氣一个了

襲咲道寶玉你不睡又嘆什么想必為妹
妹病了你又胡愁亂恨呢寶玉听說心下
也便吃驚只見榻上少年說道我聽見老
太々說長安都中也有一个寶玉和我一
模一樣的性情我只不信我纔作了一夢
竟夢中到了都中一个大花園子里遇見
几个姐々都嫌我臭小厮不理我々好容
易找到他房里偏睡覺空有皮囊真性不

知那里去了宝玉听説忙説道我因找宝玉来到这里原来你就是宝玉榻上的忙下来拉住笑道原来你就是宝玉这可不是夢里了宝玉道这如何是夢真且又真了一語未了只見人来説老爺叫宝玉唏的二人皆慌了一个宝玉就走一个宝玉便忙叫宝玉快回来襲人在傍听他夢中自喚忙推醒他問他道宝玉在那里此时

宝玉雖醒神意尚忽（迷）自門外指說纔出（去）了襲人道是睡迷了你揉眼細瞧是鏡子照着你的影子宝玉向前照了一照原是那嵌的大鏡子對面相照着自己也笑了早有人奉过漱口盂茶滷来漱口麝月道怪道老太ゝ不（許）多（放）鏡子人小魂不全有鏡子照多了睡覺驚恐作胡夢如今到大鏡那里安了一張床有時放下鏡套還好往前

去天熱困倦不定那里想的到放他比如方才就忘了自然先淌下照着影兒頑的一時合上了眼自然胡夢顛倒不然如何淂看見自已叫着自已的名字不如明兒挪進床來是正經一語未了只見王夫人遣人來叫宝玉不知如何且听下回分解

石頭記第五十七回

慧紫鵑情辭試寶玉
薛姨媽愛語慰痴顰

說那寶玉聽說王夫人喚他忙至前邊来原来是王夫人要帶他拜甄夫人去寶玉自是歡喜忙去換衣服跟了王夫人到那里見其家中形景自与榮寧不甚差别或有一二稍盛者細問果有一寶玉甄夫人留席竟日方回王夫人又到了家中又吩咐預備上

等的席面定名班大戲請過甄夫人母女後二日他母女便不作辭回任去了無話這日寶玉已見湘雲漸愈然後去看黛玉正值黛玉才歇午覺寶玉不敢驚動因紫鵑正在迴廊上手裡做針線便上來問他昨日夜裡咳嗽的可好些紫鵑道好些了寶玉笑道阿彌陀佛寧可好了罷紫鵑笑道你也念起佛來真是新聞寶玉笑道所謂病篤亂投醫了一面說一面見他穿着彈墨綾薄綿襖外面只穿着青緞夾背心寶

玉便伸手向他身上抹了一抹說是穿這樣單薄还
在風口裡坐着春天風饞時氣又不好你再病了越
發難了紫鵑便說道從此咱們只可說話別動手動
脚的一年大二年小的叫人看不尊重〔没〕要緊的那起
混賬黃〔行〕子背地里說你〻揔不留心還只管合小時
一般行為如何是好姑娘常〻吩咐我們不叫和你
說笑你進來瞧他〻遠遠着你還恐遠不及呢說着便
起身携了針線進別房去了寶玉見了這般景况心

中忽澆了盆冷水一般只瞧着竹子發了一回獃因
祝媽正來挖筍修竿便怔怔的走了出來一時魂魄
失守心無所知隨便坐在一塊山石上出神不覺滴
下淚來直獃了五六頓飯時千思萬想總不知如何
是好偶值雪鴈從王夫人房中取了人參來從此經
過忽扭頭看見桃花樹下石上一人手托著腮頓出
神不是別人却是寶玉雪鴈疑惑道怪冷的他一個人
在此作什麽春天凡有殘疾的人都犯病敢是他犯了

歎病了忽想一遍便走過来蹲下笑道你在這裡作什麽
呢寶玉忽見了雪雁便走過来說道你又作什麽来找我
你難道不是女兒他既防嫌疑不許你們理我你又尋
我作什麽倘被人看見豈不又生口舌你快家去罷
了雪雁聽了只當是他又受了黛玉的委曲只得回
至房中黛玉未醒將人参交与紫鵑〻〻因問他太〻作
什麽呢雪雁道也歇中覺所以等了這半日姐〻你又
聽笑話兒我因等太〻的工夫和玉釧兒姐〻坐在下房

里说话兒誰知趙姨奶〻招手兒教我只當有什庅
話說原来他合太〻告了假出去給他兄弟伴宿去
坐夜明兒送殡去跟他的小丫頭子小吉祥兒沒衣
裳要借我的月白緞子襖兒我想他們一般也有兩
件子的往臟地方去恐怕弄臟了自己的捨不得穿
故此借別人的借我的弄臟了也是小事只是我想
他素日有些什庅好処到咱們跟前所以我說了我
的衣裳簪環都是姑娘叫紫鵑姐〻收着呢如今先得去

告訴他還得回姑娘呢姑娘身上又病着竟費了大
事悞了你老出门不如再轉借罷紫鵑笑道你這个
小東西也乖你不借給他往我和姑娘身上推咔人
怨不着你他這會子就下去了还是等明日一早才
去雪雁道這会子就去的只怕此時已去了紫鵑点
頭雪雁道姑娘还没醒呢是誰給了寶玉氣受坐在
那里哭呢紫鵑聽了忙问在那里雪雁道在沁芳亭
後頭桃花樹底下呢紫鵑聽說忙放下針線又囑咐

雪雁好生聽着若問我答應我就来說着便出瀟湘館一逕来尋宝玉走至跟前含咲說道我不過說了那兩句話為的是大家好你就賭氣跑了這風地裡来哭作出病来唬我寳玉忙咲道誰賭氣了我因為聽你說的有理我想你們既這樣說自然別人也是這樣說將来漸漸的都不理了我所以想自己傷心紫鵑也便挨他坐着寶玉咲道方才對面說話你尚要走開這會子如何又来挨我坐着紫鵑道你都忘了

敍日前你们姐妹兩个正説話趙姨娘一頭走了進
去我才聽見他不在家所以我来问你正是前日你
合他説了一句燕窝就歇住了總没提起我正想着问
你寶玉道也有什庅要緊不過我想着寶姐〻也是客中
既吃燕窝又不可間断若只管合他要也太托實雖
不便合太〻要我已経在老太〻跟前畧露了些風
聲只怕老太〻和鳳姐〻説了我告訴他的竟没告訴
他如今我所見一日給你们一兩燕窝這也就完了
寬了紫鵑道原来是你説了這又多謝你費心我们

正疑惑老太〻怎庅忽然想起来呌人每一日送一兩
燕窩来呢這就是了寶玉笑道這要天〻吃慣了吃
上三二年就好了紫鵑道在這里吃慣了明年家去
那里有這閒錢吃這个寶玉聽了吃了一驚忙問誰
往那个家去紫鵑道你妹〻回蘇州去寶玉笑道你
又說謊蘇州雖是原籍因沒了姑父姑母無人照看
才就了来的明年回去找誰可見是扯謊紫鵑冷笑
道你太看小了人了你們賈家獨是大族人口多的

除了你们家别人只得一父一母房族中再無人了不成我们姑娘来时原是老太太心疼他年小雖有叔伯不如親父母故此接来住幾年大了該出閣時自然要送還林家的終不成林家的女兒在你賈家一世不成林家雖窮到沒飯吃也是世代書宦之家斷不肯將他家的丢与親戚落人的耻笑所以早則明年春天遲則秋天這裡不送去林家亦必有人来接的前日夜裡姑娘和我說了叫我告訴你將從前小时

頑的東西有他送你的叫你都打点出来還他〻也
将你送他的打点了在那里呢寶玉聽了便如頭頂
上响了一个焦雷一般紫鵑看他怎麽回答只不作聲
忽見晴雯找来說老太〻叫你呢誰知在這里紫鵑
笑道他在這里问姑娘的病症我告訴了他半日他只
不信你到拉他去罷說着自己便走回房去了晴雯
見他呆〻的一頭熱汗滿臉紫漲忙拉他的手一直到
怡紅院中襲人見了這般慌起来只說時氣所感熱

身被風撲了無奈寶玉發熱事猶小可更覺兩個眼
眼珠兒直直的起来口角邊津液流出皆不知覺給
他枕頭他便睡下扶他起来他便坐著倒了茶来他
便吃茶衆人見他這般一时忙乱起来又不敢造次
去回賈母先便差人出去請李嬷嬷一时李媽媽来了看
了半日問他幾句話也無回荅用手向他脉门摸了一
摸嘴唇人中上邊着力掐了兩下掐的指印如許来
深竟也不覺疼李媽媽只說了一聲可了不得了呀

的一般便摟着放聲大哭起來急的衆人忙拉他說你老人家瞧瞧可怕不怕且告訴我們去回老太太太太去你老人家怎麽先哭起來李媽媽搥床倒枕（旁改：搡）說這可不中用了我白操了一世的心了衆人等以他年老多知所以請他來看如今見他這般一說都信以爲寶玉也都哭起來晴雯便告訴襲人方才如此這般襲人聽了忙到瀟湘館來見紫鵑正扶侍黛玉吃藥也顧不得什麽便走上來問紫鵑道你才和我們寶玉說些什麽你瞧瞧他去你

回老太〻太〻去我也不管了說着便坐在椅上黛玉忽見
襲人滿面急怒又有淚痕舉止失錯便不免也慌了問
怎么了襲人定了一會哭道不知紫鵑姑奶〻說了些什
么話那个獃子眼也直了手脚也冷了話也不說了李
媽〻掐着也不疼了已死了大半了連李媽〻都說不
中用了那里放聲大哭只怕這会子都死了黛玉一聽
此言李媽〻乃久經老嫗說不中用了可知必不中用哇
的一聲將腹中之藥一概嗆出抖腸搜肺熾胃扇肝的

痛聲大嗽了幾陣一时面红髮乱目腫筋浮喘的抬不起頭来紫鵑忙上来搥背黛玉扶枕喘息了半晌推紫鵑道你不用搥你竟拿绳子来勒死我是正经紫鵑笑道我並没说什麽不過是说了幾句頑話他就認真了襲人道你不知道他那傻子每每頑話認真黛玉道你说了什麽話趁早兒去解说他只怕就醒過来了紫鵑聽说忙下了床同襲人到了怡红院誰知賈母王夫人已都在那里了賈母一見了紫鵑

便眼内出火罵道你這小蹄子和他説了什麽紫鵑忙道並没敢説什麽不過説了幾句頑話誰知寶玉見了紫鵑方嗳喲了一聲哭出來了衆人一見方都放下心来賈母便拉着紫鵑只當他得罪了寶玉所以拉紫鵑命他打誰知寶玉一把拉住紫鵑死也不放説要去連我也帶了去衆人不解細問起来方知紫鵑説要回蘇州去一句頑話引出来的賈母流淚道我當有什麽要緊大事原来是這句頑話又向紫鵑道你

這孩子素日最是个聰明伶俐的你又知道他有個獃根子平白哄他作什麽薛姨媽勸道寶玉本來心實可巧姑娘又是從小兒來的他兄妹兩個一處長了這麽大比別的姐妹更不同這會子熱剌剌的說个去別說他是個實心的傻孩子便是冷心腸的大人也要傷心這並不是什麽大病老太太和姨太太只管万安吃一兩劑藥就好了正說着人回林之孝家的單大娘家的都來瞧哥兒來了賈母道難爲他們想

著叫他們來瞧瞧寶玉聽了一个林字便滿床鬧起來
說了不得了林家的人來接他們來了快打他出去罷
賈母聽了也忙說打出去罷又忙安慰說那不是林
家的人林家的人都死絕了沒人來接他的你只管
放心罷寶玉哭道他是誰除了林妹妹都不許姓林
的賈母道沒姓林的人來凡姓林的我都打出去了
一面吩咐衆人已後別叫林之孝家的進來你們也
別說林字好孩子你們聽我這一句罷衆人忙答應

又不敢笑一时寳玉又一眼見那十錦隔子上陳設的一支金茜自行船便指着乱叫説那不是接他们的船来了湾在那里呢賈母忙叫拿下来襲人便拏下来寳玉伸手便接過来掖在被中笑道這可去不成了一面說一面死拉着紫鵑不放一时人回大夫来了賈母忙命快請進来王夫人薛姨媽寳釵等暫避裡间賈母便端坐在寳玉身傍王太醫進来見許多的人忙上去請了賈母的安拏了寳玉的手胗了一會那紫鵑少

不得低了頭王太醫也不解何意起身道世兄這症乃
是急痛迷心古人曾云痰迷别有氣血虧柔飲食不
能鎔化痰迷有怒惱中痰裹而迷者有急痛壅塞者
此亦痰迷之症係急痛所致不過一時壅蔽較諸痰迷
似輕賈母道你只說怕不怕誰同你背藥書呢王太醫
忙躬身笑道不妨不妨賈母道果真不妨王太醫道實
在不妨都在晚生身上賈母道既如此請到外面坐開
方若吃好了我另外預備好謝禮叫他親自捧了送

去磕頭若耽悞了我打發人去拆了太医院正堂王
太醫只躬身笑說不敢〻〻他原聽了說另具謝礼命
寶玉去磕頭故滿口說不敢竟未聽見賈母後来說
拆太医院之戲語猶說不敢賈母与衆人反到笑了
一时按方煎了藥来服下果覺比先安静無奈寶玉
只不肯放紫鵑只說他去了便是要回蘇州去了賈
母王夫人無法只得命紫鵑守着他另將琥珀去伏
侍黛玉〻〻不时遣雪雁来探消息這邊事物盡知自

已心中暗嘆幸喜眾人都知寶玉原有些獃氣自幼
是他二人親密如今紫鵑之戲語亦是常情寶玉之病
亦非罕事因不疑到別處去晚間寶玉稍安賈母王
夫人等方回房去一夜還遣人來問幾次李奶姆帶
領嬷嬷等幾个年老人用心看守紫鵑襲人晴雯等
日夜相伴有時寶玉睡去必從夢中驚醒不是哭了
說黛玉已去便是說有人來接每一驚時必得紫鵑
安慰一番方罷彼時賈母又命將祛邪守靈丹及開

竅通關散各樣上方秘製諸藥按方飲服次日又服了王太醫的藥漸次好起来了寶玉心下明白恐紫鵑回去故有或作假狂之態紫鵑自那日也着[有]實後悔如今日夜辛苦並沒有怨意襲人等皆心安神定因向紫鵑笑道都是你鬧的還得你来治也沒見我們這獃子聽了風就是雨往後怎麽好暫且按下因此時湘雲之症已愈天天過来瞧看見寶玉明白了便将他病中狂態形容了与他瞧引的寶玉自己伏枕而笑

原来他起先那樣竟是不知的如今聽見人說還不信無人時紫鵑在側寶玉又拉他的手問道你為什麼唬我紫鵑道不過是哄你頑的你就認了真了寶玉道你說的那樣有情有理如何是頑話紫鵑笑道那些頑話都是我編的林家實没了人口縱有也是極遠的族中也都不在蘇州住各省流踪不定縱有人來接老太〻也必不放去的寶玉道便老太〻放去我也不依紫鵑笑道果真的你不依只怕是口裡的

話你如今也大了連親也定下了過二三年再娶了親你眼睛里還有誰呢寶玉聽了又驚問是誰定了親定了誰紫鵑笑道年裡我聽見老太太說要定下琴姑娘呢不然那麽疼他寶玉笑道人人只說我傻你比我更傻不過是句頑話他已經許給梅翰林家了果然定下了他我還是這個形景先是我發誓賭咒砸這勞什子你都沒勸過說我瘋的剛剛的這幾日才好了你又來慪我一面說一面咬牙切齒的又說道

我這只顧這會子立刻死了把心迸出来你們瞧了然後連皮帶骨一槩都化成一股灰〻还有形迹不如再化一股烟〻還可凝聚人還看見須得一陣大風吹的四面八方都登時散了這才好一面説一面又吊下淚来紫鵑忙上来握他的嘴替他擦眼泪又忙咲解釋道你不用著急這原是我心里著急故来試你寶玉聽了更又咤異問道你又著急什麼紫鵑咲道你知道我並不是林家的人我也和襲人夗央是一伙的偏

把我給了林姑娘使偏生他又和我極好比合他蘓州帶来的还好十倍一時一刻我們兩個離不開我如今心里獨愁他倘或要去了我必要跟了他去的我是合家在這裡我若不去辜負我們素日的情分若去了又棄了本家所以我疑惑故設出這謊来問你誰知你就傻鬧起来寶玉笑道原来是你愁這个所以你是傻子從此後再别愁了我只告訴你一句躉準話咱們活着咱們一處活着不活着咱們一處化灰化烟

如何紫鵑聽了心下暗暗籌畫忽有人來回環爺蘭
哥兒問候寶玉並就說雖為他們我才睡了不必進
來婆子答應去了紫鵑笑道你也好了該放我回去瞧瞧
我們那一個去寶玉並正是這話我昨日就要叫你去的
偏又忘了我已經大好了你就去罷紫鵑聽說方疊鋪蓋
妝[林]奩之類寶玉笑道我看見你文具裡頭有兩三面
鏡子你把那面小菱花給我留下罷我擱在枕頭旁
邊睡著好照明兒帶著出門也輕巧紫鵑聽說只得

与他留下先命人將東西送過去然後別了眾人自
回瀟湘館來黛玉聞得寶玉如此形景未免又添些
病多哭幾場今見紫鵑來了問其緣故已知大意仍
遣琥珀去伏侍賈母夜間人定後紫鵑已寬衣卧下
之時悄向黛玉笑道寶玉的心倒實听見咱們去就
那樣起來黛玉不答紫鵑停了半晌自言自語的道
一動不如一靜我們這裡就算好人家別的都容易最難
得的是從小兒長大在一處脾氣情性都彼此知道

的了黛玉啐他道你這幾天還不乏趁這會子還不歇
歇還嚼什么姐紫鵑笑道到不是白嚼蛆我是一片真
心為姑娘替你愁了這幾年了無父母無兄弟誰是知
疼着熱的人趁早兒老太〻還明白硬朗的時候作定
了大事要緊俗語說老健春寒秋後熱倘或老太〻一
時有个好歹那時雖也完事怕只怕躭悮了時光還
不得趁心如意呢公子王孫雖多那一个不是三房
五妾今兒朝東明兒朝西要一个天仙来也不過三

夜五夕也丢在脖子後頭了甚至于為妾為了頭反目成仇的若〻夫家有人有勢的還好些若是姑娘這樣的人有老太〻一日还好若沒了老太〻也只是憑人去欺負了所以說拿主意要緊姑娘是个明白人豈不聞俗語說的萬両黃金容易得知心一個最難求黛玉聽了便說道這个丫頭今兒可瘋了怎麽去了幾日忽然變了一个人我明兒必回老太〻退回去我不敢要你了紫鵑笑道我說的是好話不過叫你心裡留

神並沒叫你去為非作歹何苦回老太〻叫我吃了虧又
有何好處說着竟自已睡了寳玉聽了這話口內雖
如此說心內未嘗不傷感待他睡了便直泣了一夜至
天明方打了一个盹次日勉強梳洗了吃了些〻燕窩粥
便有賈母等親來看視了又囑付了許多話目今是
薛姨媽的生日自賈母遣至衆人皆有祝賀之礼黛玉已
早備下了兩色針線送去是日也定了一班小戲請賈
母与王夫人等獨有寳玉与黛玉二人不曾去得至晚

散時賈母等順路都瞧了他二人一遍方回房去至次日薛姨媽家又命薛蝌陪諸伙計吃了一天連忙了三四天方完因薛姨媽看見了邢岫烟生得端雅穩重且家道貧寒是个荊釵裙布的女兒便欲說与薛蟠為妻因薛蟠素習行事浮奢又恐遭蹋了人家女兒正在躊躇之際忽想起薛蝌未娶看他二人恰是一對天生地設的夫妻因謀之於鳳姐々々嘆道姑媽素知我们太太有些左性的這事等我慢謀因賈母去瞧鳳姐時鳳

姐便和賈母說薛姑媽有一件事求老祖宗只是不好啟
齒的賈母忙問何事鳳姐便將求親一事說了賈母
咲道這有什麼不好啓齒的這是極好的事等我和
你婆婆說了怕他不依因回房来即刻就命人来請
了邢夫人過来便作保山邢夫人想了想薛家根基
不錯且現今大富薛蝌生得又好且賈母硬作保山
將計就計便應了賈母十分歡喜命人請了薛姨
媽来二人見了自然有許多的謙辭邢夫人即命人

去告訴邢忠夫婦他夫婦原是來此投靠邢夫人的
如何不依早極口說妙賈母笑道我最管个閑事今
兒又管了一件不知得多少謝媒錢薛姨媽笑道這
是自然的縱抬了十万銀子來只怕不稀罕但只一件
老太太既是主親還得一位才好賈母笑道別的沒有我
們家折腿爛手的人還有兩个說着便命人去叫過賈
珍婆媳二人來賈母告訴他緣故彼此都忙道喜賈
母吩咐道咱們家的規矩你是盡知的從沒兩親家

爭裡爭面的你如今笑替我在當中料理也不可太偏也不可太奢把他兩家的週全了回我尤氏忙答應了薛姨媽喜之不盡回家來忙命寫了請帖補送過寧府尤氏深知邢夫人性情本不欲管無奈賈母親囑咐只得應了惟有忖度邢夫人之意行事薛姨媽是個無可無不可的人還到容易說這且不在話下如今薛姨媽既定了邢岫烟為媳合宅皆知邢夫人本欲接出邢岫烟去住賈母因說這又何妨兩个孩

子又不能見面就是一个婆〻大姑和小姑又何妨況且都是孩兒正好親相呢邢夫人方罷蝌岫二人前此途中皆有一面之遇大約二人心中也皆如意只是邢岫烟比先未免拘泥了些不好与寶釵姐妹共處閒話又兼湘雲是个愛取笑的更覺不好意思幸他是个知書達礼的雖有女兒身分不是那種佯羞詐愧一味輕薄造作之輩寶釵自見他時見他家業貧寒二則別人之父母皆是年老有德之人獨他父母皆是酒糟透之人于女

兒女中平常邢夫人也不過是臉面之情亦非真心疼
愛且岫烟為人雅重迎春是个有氣的人連他自己尚
未照看齊全如何能照管到他身上凡閨閣中家常
一應需用之物或有虧乏無人照管他又不與人張口
寳釵到暗中每相體貼接濟也不敢与夫人知道亦恐
多心閒話之故如今却是人意料之外奇緣作成這门親
事岫烟心中先取中寳釵然後方取薛蝌有時岫烟仍
与寳釵閒話寳釵仍以姊妹相呼這日寳釵因瞧黛

玉恰值岫烟也来瞧黛玉二人半路相遇寳釵含笑唤他到跟前二人同走到一石壁處寳釵问他這两天還冷的狠你怎麽到全换了夹的了岫烟見问低頭不答寳釵便知道又有了緣故囙又笑问道必定是一个月的月錢又未得鳳丫頭如今也這麽没心計了岫烟道他到想着不錯日子給囙姑媽打發人和我説一个月用不了二两銀子呌我省一两給爹媽送去要使什麽横竪有姐〻的東西能着些〻搭着就使了姐〻的想二姐〻是个老

實人也不大留心我使他的東西他雖不說什麼那些媽〻了頭那一個是省事的那一個嘴里是不尖的我雖在那裡却不敢狠使喚他們過三天五天我到拿些錢出來給他們打酒買点心吃才好曰此二兩一月銀子還不勾使如今又去了一兩前兒我瞧〻把綿衣服叫人當了幾吊錢盤纏寶釵聽了愁眉嘆息偏梅家又合家在任上後年才進來若是在這裡琴兒過去了好再商議你這事離了這裡就完了如今不先完了他妹〻的事也斷不敢先娶親的如今到是一

件難事再遲兩年我怕熬煎出病來等我和媽再商議
有人欺負你々只管耐些煩兒千万別自己熬煎出病來
不如把那一兩銀子明兒也索索性給了他們到都歇了心你
已後也不用白給那些人東西吃他尖刺讓他尖刺很聽不過
了各人走開倘或短了什麼你別存那小家兒女氣只管找
我去並不是作親後才如此你一來時咱們就好的別怕人
閒話你打發小丫頭悄々的合我說去就是了岫烟低頭答
應了寳釵又指他裙上一個碧玉珮道這是誰給你的

岫烟道這是三姐〻給我的寶釵点頭咲道他見人〻皆有你一個沒有怕人咲話故此送你一个這是他聰明細緻之處但还有一句你也要知道這些粧飾原出于大官富貴之家的小姐你看我一應從頭至脚可有這些富貴閑粧然七八年之先我也是這樣來着如今一时比不得一时了所以我都自己該省的就省了將來你這一到我們家這些沒用的東西只怕還有一箱子咱們如今比不得他們了總要一色從實守分為主不必比他們才是岫烟笑道

姐〻既這樣說我回去摘了就是了寶釵忙咲道你太
聽說了這也是他好意送你〻不佩着他豈不疑心我不
過是偶然提到這里以後知道就是了岫烟忙又荅應又問
姐〻此時那里去寶釵道我到瀟湘館去你且回去把那當
票叫了頭送來我那里悄〻的取出來晚上再悄〻的送
給你去早晚好穿不然風扇了事大但不知當在那里
了岫烟道叫作恒舒典是鼓樓西大街的寶釵笑道
這鬧在一家了影伙計們倘或知道好說人沒過來衣裳先

道来了岫烟听說便知是他家閙的也不覺紅了臉一笑
二人走開寶釵便往瀟湘館来正值他母親也来瞧黛
玉正說閒話呢寶釵咲道媽多早晚来的我竟不知
道薛姨媽道我這幾天連日忙揔沒有来瞧〻寶玉
合他所以今兒瞧他兩个都也好了黛玉忙讓寶釵坐
了因向寶釵道天下的事真是人想不到的怎麽想
的到姨媽合大舅母又作一门親家薛姨媽道我的兒
你们女孩家那里知道自古道千里姻缘一線牽管姻缘

的有一位月下老人預先注定暗里只用一根紅線把這兩個人的脚絆住憑你兩家隔着海隔着國有仇的終久有机會作了夫妻這件事都是出人意料之外憑父母本人都願意了或是年年在一處的以為是定了親事若月下老人不用紅線拴的再不得到一處比如你姐妹的婚姻此刻也不知在眼前呢也不知在山南海北寶釵道惟有媽說動話就拉上我們一面說一面伏在他母親懷裡咲說咱們走罷黛玉咲道你瞧這麼大了離了姨

媽一會兒就這麼撒嬌兒了薛姨媽用手摩著寶釵嘆向黛玉道你這姐姐就和鳳姐兒在老太太跟前一樣有了正經事他商量沒了事幸虧他開開我的心我見這樣有多少愁不散的黛玉聽說流淚嘆道他偏在這里這樣分明是氣我沒娘的人故意來刺我的眼淚寶釵嘆道媽瞧瞧他輕狂到說我撒嬌兒薛姨媽道也怨不得他傷心可憐沒父母到底沒個親人又摸娑黛玉嘆道好孩子别哭你見我疼你姐姐你不知我心里更疼你呢你姐姐雖沒

了父親到底有我有親哥〻這就比你強了我每〻和你姐姐說心里狠疼你只是外頭不好帶出来的你這里人多口雜說好話的人少說歹話的人多不說你無倚無靠為人作人可配人疼只說我們看老太〻疼你了我們也伏上水去了黛玉笑道姨媽既這麼說我明日就認姨媽作娘若是棄嫌不認便是假意疼我了薛姨媽道你不厭我就認了才好寶釵忙道認不得的黛玉道怎麼認不得寶釵笑道我且問你我哥還没定親為什麼反將邢妹〻說

与我兄弟了這是什庅道理黛玉道他不在家我是屬相不對所以先說与兄弟了寶釵咲道非也我哥〻已經相准了只等来家就下定了也不必提出人来我方才說你認不得娘你細想去說着便合他母親擠眼兒發咲黛玉聽了便也一頭伏在薛姨媽身上說道姨媽不打他我不依薛姨媽忙也摟他笑道你别信你姐〻的話他是頑你呢寶釵笑道真个媽明兒合老太〻求了他作媳婦豈不比外頭尋的好黛玉便上来要抓他口内咲說你越發

瘋了薛姨媽忙也笑勸用手分開方罷囙又向寶釵道連邢女兒我還怕你哥哥遭塌了他所以給你兄弟說了別說這孩子我也斷不肯給他前兒老太太囙要把你妹妹說給寶玉偏生又有了人家不然倒是一门好親前兒我說定了邢女兒老太太還取笑說我原要要他的人誰知他的沒到手到被他說了我们一个去了雖是頑話細想來到也有些意思我想寶琴雖有了人家我雖沒人可給難道一句話也不說我想着你寶兄弟老太太那樣疼他他又

生的那樣若要外頭説去老太〻斷不中意不若把你林
妹〻定與他豈不四角俱全林黛玉先還怔〻的聽後來見
説到自己身上便啐了寶釵一口紅了臉拉着寶釵笑
道我只打你〻為什麽招出姨媽這些老沒正景的話來
寶釵笑道這可奇了媽説你為什麽打我紫鵑忙也跑
來笑道姨太〻既有這主意為什麽不和老太〻説去薛姨
媽哈〻笑道你這孩子急什麽想必催着你姑娘出了閣
你也要早些尋一个小女婿去了紫鵑聽了也紅了臉笑道

姨太太真个倚老賣老的起来説着便轉身去了黛玉先

罵又与你這蹄子什麼相干後来見了這様也笑起来説

阿弥陀佛該該也搽了一鼻子灰去了薛姨媽母女及屋内

婆子丫環（鬟）都笑起来婆子們因也笑道姨太太雖是頑

話到也不差呢到閑了時和老太太一商議太太竟作媒保成

這門親事是千妥萬妥的薛姨媽道我一出這主意老太

太必喜歡一語未了忽見湘雲走来手里拏着一張當票

口内笑道這是什麼賬篇子黛玉瞧了也不認得地下婆子

们都笑道可是件奇貨這个乖可不是白教人的寳
釵忙一把接了看时正是岫烟才说的當票忙摺了起
来薛姨媽忙说那必是那个媽媽的當票失落了回来
急的他们找那里得呢湘雲道什麽是當票子衆人咲
道真真是个獃子連个當票子也不知道薛姨媽嘆道
怨不得他真真是侯门千金而且又小那里知道這个便是
家下人有這个他如何見過别笑他是獃子若給你们家
的小姐看了也都成了獃子衆婆子笑道林姑娘方才也不認

淂別説姑娘們此刻寶玉他到是外頭常走出去的只
怕也還沒見過呢薛姨媽忙將緣故講明湘雲黛玉
二人聽了方咲道原來為此人也太會想錢了姨媽
家的當鋪也有這个不成衆人咲道這又獃了天下
老瓜一般黑豈有兩樣的薛姨媽因問是那裡揀
的湘雲才欲説時寶釵忙説是一張死了無用的不知
那年勾了賬的香菱拿着哄他們頑的薛姨媽聽了
此話是真也就不問了一时人來回那府里大奶〻過來

請姨太〻說話呢薛姨媽起身去了這裡屋內無人寶
釵才問湘雲何處揀的湘雲笑道我見你令弟媳的
了頭篆兒悄〻的遞與鶯兒〻〻便夾在書裡只當我
沒看見我等他們出去了我偷着看竟不認得知道
你們都在這裡所以拿來大家認〻黛玉忙問怎麽
他也當衣服不成既當了怎麽又給你寶釵見問不好
隱瞞他兩個將方才之事都告訴了他二人黛玉便說
兔死狐悲物傷其類不免感歎起來史湘雲便動

了氣說等我問着二姐〻去我罵那起老婆子丫頭一頓
給你們出氣何如說着便要走寶釵忙一把拉着咲
道你又發瘋了還不給我坐下呢黛玉咲道要是个
男人出去打一个報不平兒你又充什麽荊軻聶政真
真好笑湘雲道既不叫我問他去明兒也接他到咱們
苑里一處住去豈不好寶釵咲道明日商量說着人報
三姑娘四姑娘來了三人聽說忙掩住口不題此事要知端
的且聽下回分解

石頭記卷五十八囬

杏子陰假鳳泣虛凰

茜紗窓真情揆痴理

話說他三人因見探春等進来忙將話掩住不提探春等問候過大家說笑了一囬方散誰知上囬所来的那位老太妃已薨凢誥命等皆每日入朝隨班按爵守制勑諭天下凢有爵之家一年内不淂筵宴音樂

庶民三月不淂婚嫁賈毋邢王尤許婆媳祖孫等皆每日入朝隨祭未正巳後方回在偏宫二十一日後方請靈入先陵地名日孝慈縣陵離都来往淂十来日之功如今請靈至此还要停放数日方入地宫故得一月光景寧府賈赦夫妻二人少不淂是要去的兩府無人因此大家計議家中無主少不得便報了尤氏産育将他騰挪

出来協理荣寧兩處府事体因又托了薛姨媽在園内照管他姐妹丫鬟薛姨媽只得也挪進園来因寶釵處有湘雲香菱李紈目今李嬸母女雖去然有日亦来住三五日不定賈母又將宝琴送與他去照管迎春處有岫烟探春因家務冗雜且不時趙姨娘與賈環来嘈聒甚不方便惜春房屋狹小況賈母又千叮嚀萬囑咐托他照

管林黛玉薛姨媽素習也最憐愛他的今
既遇這一事便挪至瀟湘館来和黛玉同
房一應藥餌飲食十分經心黛玉感激不
盡亦如宝釵之呼連宝釵前亦直以妹々
呼之宝琴前直以妹々呼之儼似同胞共
出較諸人更似親切賈母見如此也十分
歡悅放心薛姨媽也不過照管他姐妹禁
約得了鬟輩一應家中大小事物也不肯

多口尤氏雖天〻過来也不過來應名點
卯亦不肯亂作威福且他家内上下也只
剩他一人料理再者每日還要照管賈母
王夫人的下處一應所需飲饌鋪設之物
所以也甚操劳當下荣寧兩處主人既如
此不暇並兩處執事人等或有人跟隨入
朝的或有朝外照理下處事物的又有先
跴踏下處的也都个〻忙乱因此兩處下

下人無了正經頭緒也都偷安或乘隙結
党(黨)與(弄)权(權)暫執事者竊(竊)弄威福榮府只留得
賴大並几(幾)个管事照管外務這大(賴)手下常
用的几(幾)个人已去雖另委人都是些生的
只覺不順手只他們無知或賺騙無節或
呈告無據或舉薦無因種種不善(件件)生
事也難備述又見各官宦家凡養優伶男
女者一概蠲免遣發尤氏等便議定等王

夫人回家回明也欲遣發十二个孩子又
說這些〻人原是買的如今雖不學唱儘可
自〔叫着〕使喚的他們只令其教習師父們自去
也罷了王夫人因說學戲的到此不得使
喚的他們也是好人家的兒女因無能賣
了作這事粧丑弄鬼的几〔幾〕年如今有這机
會不如給他們几兩銀子盤費各自去罷
當日祖宗手裡都是有這例的咱們如今

損陰壞德而且還小器如今雖有幾个老的還在那是他們各有緣故不肯回去的所以纔留下使喚大了配了咱們家的小廝們了尤氏道如今我們也去問他十二个有願意回去的就帯了信兒呌上他父母来親自来領回去給他們幾兩銀子盤纏方妥倘若不呌上他父母親人来只怕有混賬人冒名領出去轉賣了豈不是辜

負了這恩典若有不願意回去的就留下王夫人笑道這話妥當尤氏又遣人告訴了鳳姐兒一面說與總理房中每教習給銀八兩令其自便凡梨香院一應物件查清記冊收明派人上夜將十二个女孩子叫来當面細問到有一多半不願意回家的也有說父母雖有他只以賣我們為事這一去还被他賣了也有說父母已亡或

被叔伯兄弟所賣的也有說無人可投的也有說戀恩不捨的所願去者只四五人王夫人听了只得留下將去者四五人皆令其干娘領回家去单等他親父母来領將不愿去者分散在園中使喚賈母便留下文官自使將正旦芳官指與宝玉將小旦蕊官送與宝釵將小生藕官指與了代玉將大花面葵官送與湘雲小花面荳官

送了宝琴將老外艾官與了探春尤氏便
討了老旦茄官去各得其所如倦鳥出籠
每日園中遊戲衆人皆知他們不能針指
指不慣使用皆故不責備其中或有二三
个知事的愁將來無應時之技亦將本技
丟開便學起針指紡績女工諸務一日正
是朝中大祭賈母等五更便去了先到下
處用些點心小食然後入朝早膳已畢方

退至下處歇息用過晚飯方回家可巧這下處乃是个大官的家廟裡乃比丘尼焚修房舍極多極净東西二院榮寧便賃了東院北静王府便租了西院太妃少妃每日晏息見賈母等在東院此同出同入都有照應外面諸事不消細述且說大觀園内因賈母王夫人天天不在家内又送靈去一月方回各丫鬟婆子皆有閒空多在

園內遊玩更又將梨香院內伏侍的衆婆
子一概撤回併散在園內听〔聽〕使更覺園內
多了几〔幾〕十个因文官等一干人或心性高
傲或倚勢凌下或揀衣挑食口角鋒芒大
槩不安分守礼者多因此衆婆子含怨只
是口中不敢與他們分証如今散了學大
家趂了願也有丟開手的也有心地窄猶
懷舊怨的因將衆人皆分在各房名下不

敢來侵可巧這日乃是清明之日賈璉已備下年例祭祀帶領賈琮賈薗三人去往鉄檻寺祭柩燒紙寧府賈蓉也同族中幾人各辦祭祀前往因宝玉未大愈故不曾去得飯後發倦襲人因說天氣甚好你且出去曠曠省得丟下粥碗就睡再存在心里宝玉听說只得拄了一支竹杖靸着鞋步出園来因近日將園中分與衆婆子料

理各司各業皆在忙時也有修竹的也有栽花的也有種荳的池中又有駕娘們行肖船夾泥的種藕的湘雲香菱與寶琴衆了鬟等都在山石上睄他們取樂寶玉也慢ゝ行来湘雲見了他来忙笑說快把這舡打出去他們是接林妹ゝ的衆人都笑起来宝玉紅了臉也笑道人家的病誰是好意的你也形容肖取笑兒湘雲笑道病比

人家另一樣原招笑兒反說起人來說着宝玉便也坐下看着衆人忙亂了一回湘雲因說這里有風石頭上又冷坐坐去罷宝玉也忙要去瞧林黛玉便起身拄拐辭了他們從沁芳橋一帶堤上走来只見柳垂金線桃吐丹霞山石之後一株大杏樹花已全落葉稠陰翠上面已結了豆子大小的許多小杏子宝玉因想道能病了

发（發）天竟把杏花辜負了不覺到綠葉成陰子滿枝了因此仰望杏子不舍又想起邢岫烟已擇了夫婿一事雖説是男女大事不可不行但未免又少了一个好女兒不过（過）二年便也要綠葉成陰子滿枝了再过发（發）天這杏枝（花）子落枝空再几年岫烟也未免烏髮如銀紅顔似稿（槁）了因此不免傷心對杏流泪（淚）嘆息正悲嘆時忽有一个雀兒

飛来落于枝上乱（亂）啼宝（寶）玉又發了獃性心
下想道這雀兒必定是杏花正開時他曾
来过（過）今見無花空有子葉故也乱（亂）啼這聲
韻必是啼哭之聲可恨公冶長不在眼前
不能問他但不知明年在發時這个雀兒
可还（還）記得飛到這里来與杏花一會了正
胡思間忽見股火光從山石那边發出将
雀驚飛宝玉吃一大驚又听那边有人喊

道藕官你要死怎弄些〻紙錢来燒我回奶

奶們去仔細你的皮宝玉听（聽）了益（亦）發疑惑

起来忙轉過（過）山石看時只見藕官滿面淚（淚）

痕蹲在那里手里还拏着火守着些〻紙錢

灰作悲宝玉忙問道你與誰燒紙快不要

在這里燒你或是為父母兄弟你告訴我

听（何）名姓外頭去叫小厮們打了包袱（袱）寫上

名姓去燒藕官見了宝玉只不作聲宝玉

見不荅應忽見一婆子惡狠〻走来拉藕
官口內說我已經回了奶奶了奶奶們氣
的了不得藕官听（聽）了終是孩（子）氣怕辱没了
没臉便不去婆子道我說你們別興頭過
餘了如今比你們在外頭隨心乱鬧呢這
是尺寸地方兒指宝玉道連我們的爺还
守規矩呢你是什麼阿物兒跪（跑）来胡鬧怕
也不中用跟我快走罷宝玉忙道並没燒

紙錢原是林妹妹叫他來燒那爛字紙的你沒看真反錯告了他藕官正沒了主意見了寶玉也正添了畏懼忽听了他反掩餙心内轉憂成喜也便硬着口說道你狠看真是紙錢了広我燒的是林姑娘寫坏壞了的字紙那婆子听如此亦發狠起便灣腰向紙灰中揀那不曾化盡的遺揀了兩点在手内說道你还嘴硬有據証在這里

我只和你所上講去說着拉了袖子就拽着要走宝玉忙把藕官拉住用拄杖敲開那婆子的手說道你只管拏了那个回去寔告訴你我昨夜作了一个夢ゝ見杏花神和我要一掛白錢不可叫本房人燒要一个生人替我燒了我的病就好的快所以我請了這白紙錢巴ゝ的和林姑娘煩了他来替我燒了祝讚原不許一个人知

道的所以我今日才能起来偏你看見了我這會子又不好了都是你冲了你這還要告他去藕官只管去見了他們你只管照依我這話說等老太〻回来我說他故意来冲神祇保佑我早死藕官听了亦發淂了主意反到拉着婆子要走那婆子听了這話忙丢下紙錢陪笑央告宝玉道我原不知道二爺若回了老太〻我這老婆

子豈不完了我如今回奶〻們去就説是爺祭神我看錯了宝玉道你也不許再回去了我便不説婆子道我已經回了叫我来帶他我怎庅好不回去的也罷就説我已經叫到了他林姑娘叫了他去了宝玉想了一想方点頭應允那婆子去了這里宝玉又問他到底是為誰燒我想来若為父母兄弟你們早往外頭燒了這早燒這几

張必有私自的情理藕官方才護庇之情感激于他便知他是自己一流人物便含泪説道我這事除了你屋里的芳官並宝姑娘屋裡的蕊官没第三個人知道今日我忽被你遇見又有這段意思少不得也告許了你：只不許對一人言講又笑道我也不必和你面說你只背地悄問芳官就知道了説畢佯常而去宝玉听了心下納

悶只得蹉到瀟湘館瞧代玉亦發瘦到可
憐問起来比往日已算大愈了代玉見他
比先大瘦了想起往日之事不免流下泪
来些微談了一談催宝玉去歇息調養宝
玉只得回来因記掛自要問芳官那原由
偏有湘雲香菱来了正和襲人芳官一處
說話不好叫他恐人又盤詰只得耐着一
時芳官又跟了他乾娘去洗頭他干娘偏

又叫了他親女洗過了後才叫芳官洗芳官見了這般便說他心偏把你女兒的剩水給我洗我一个月的月錢都是你拏着沾我的光不筭反給我剩東剩西的他干娘羞惱便成怒罵道不識指擧的東西怪不得人人都說戲子没一个好纏的憑你什麽好人入了這一行都弄壞了這一点点子毬崽子也挑么挑六的鹹毬淡舌咬

犟的騾子似的娘兒兩个吵起來襲人忙打
發人去說少亂嚷聽肖老太〻不在家一
个一个的連句安靜話也不說了晴雯因
說都是芳官不省人事不知狂的什庅也
是的會唱戲到像是殺了賊王擒过反叛
来的襲人道一个巴掌拍不响老的也太
不公道些〻小的也大可惡些〻宝玉道怨不
淂芳官自古說物不平則鳴他少親失養

的在這里没人照看他賺了他的錢又作踐他如何怪得因又向襲人道他一月多少錢已後不如你收过来照管他豈不省事襲人道我要照管他那里不照看了又要他那几个錢才照看他没的討人罵去了說省便起身至那屋裡取了一瓶花露油並些些鷄子香皂頭繩之類叫一箇婆子来送給芳官去叫他另要水自洗不要吵鬧

了干娘亦發羞惱便說芳官沒良心花辯（說）
我剋你的錢便向他身上拍了几下芳官
便哭起来宝玉便走出襲人忙勸作什么
我去說他晴雯忙先过（過）来指他干娘說道
你老人家大不省事你不給他好的洗我
們饒給他東西你不自燥还有臉打他他
要还（還）在學裡學藝你也敢打他不成那婆
子便說一日叫娘終身是母他排場我我

就打淂襲人與麝月道我不會和人辦嘴晴雯性太急你快過去震嚇他兩句麝月听（聽）了忙過來說道你別嚷我且問你別說我們這一處你看滿園子里誰在主子屋里教導過女兒的便是你的親女既分了房有了主子自有主子打淂罵淂再者大些〻的姑娘姐姐們打淂罵淂誰許老子娘半中間管閑事了都這樣管又要叫他們

跟着我們學什庅越老越没了規矩你見前兒墜兒
的娘来吵你也跟他學你們放心因連日
這个病那个病老太〻又不得閑心所以
我没回等两日咱們痛囬一囬大家把威
風殺一殺才好宝玉這两日才好了些連
我們不敢大聲説話你反到打的人狼嚎
鬼叫的上頭能出了几日門你們就無法
無天了眼睛没了我們再两天你們就該

打我們了他不要你這干娘怕糞草埋了
他不成宝玉恨的用拄杖敲着門檻子說
道這些老婆子都是鉄心石頭腸子也是
件大奇的事不能照看反到折挫天長地
久如何是好晴雯道什麽是如何是好都
攆了出去不要這些中看不中吃的那婆
子羞愧難當一言不發那芳官只穿着海
棠紅的小襖底下綠紬撒花夾褲敞着褲脚

一頭烏油似的頭鬒髮披在腦後哭得淚
人一般麝月笑道把个鶯々小姐反弄了
成拷打紅娘了這會子又不粧扮了还是
這樣發獃欵的宝玉道他這本来面目極
好到別弄緊襯了睛雯過去拉了他替他
洗淨了髮用手巾擰干了鬆鬆的挽了一
个慵粧髻命他穿了衣服過這边来了接
着司內厨的婆子来問晚飯有了可送不

送小丫頭聽了進来問襲人襲人笑道方
纔胡吵了一陣也没留心聽鍾幾下了睛
雯道那捞什子不知怎庅了又淂去收拾
說着便拏過表来瞧了一瞧說再畧等半
鍾茶的工夫就是了小丫頭去了麝月笑
道提起淘氣芳官也該打幾下昨兒是他
擺弄了那墜子半日就壞了說話之間便
將食具打點現成一時小丫頭子捧了盒

子進来跕住晴雯麝月揭開看時還是四
樣小菜晴雯笑道已經好了还不給兩樣
清淡菜這稀飯菜鬧到多早晚一面擺好
一面又看那盒中却有碗火腿鮮笋湯忙
端了放在宝玉跟前宝玉便就棹上喝了
一口說好湯襲人笑道菩薩能幾月沒見
菩薩葷饞的這樣起来一面說一面忙端
起輕輕用口吹因見芳官在側便遞與芳

官笑道你也學看些伏侍別一味獃憨呆睡口勁輕着別吹上遊沫星兒芳官依言果吹了几口甚妥他干娘也忙端飯在門外伺候向日芳官一到時原從外边認的就同往梨香院去了這干婆子原係榮府三等人物不過令其與他們漿洗皆不曾入內答應故此不知內幃規矩今以托賴他們方入園中隨女歸房這婆子先領

過麝月的排場方知了一二分生恐不令
芳官認他作干娘便有許多失利之處故
心中亦要買轉他們今見芳官吹湯便忙
跑進來笑道他不老成仔細打了碗讓我
吹罷一面說一面就接晴雯忙喊快出去
你讓他砸了碗也輪不到你吹你什麼空
兒跑到裡槅子內来还不出去一面又罵
小丫頭們瞎了眼的他不知道你們也不

説給他小了頭都説我們擡他他不出去説
他他又不信如今帯累我們受氣你可信
了我們到的地方兒有你到的一半还有
你一半到不去的呢何况又跑到我們到
不去的地方还不算又去伸手動嘴的了
一面説一面推他出去堦下幾个等空盒
傢伙的婆子見他出來都笑道嫂子也没
用鏡子照了就進去来羞的那婆子又恨

又氣只得忍柰下去了芳官吹了幾口宝玉道笑道仔細傷了氣你嚐一口可好了芳官只當是頑話只是笑看着襲人等襲人道你就嚐一口何妨晴雯笑道你瞧我嚐說着便喝了一口芳官見如此自己便嚐了一口說好了遞于宝玉宝玉喝了半碗吃了几片笋又吃了半碗粥就罷了衆人揀收出去了小丫頭捧了沐盆盥漱已

畢襲人等出去吃飯宝玉便使个眼色與
芳官芳官本自伶利又學了几年戲何事
不知便粧説頭疼不吃飯了襲人道既不
吃你就在屋里作伴兒把這粥給你留着
一時餓了再吃説着都去了這里宝玉和他
只二人宝玉便將方才從火光發起如何
見了藕官又如何謊言護庇又如何藕官
叫我問你從頭至尾細細的告訴他一遍

又問他祭的果係何人芳官听了滿面含
笑道你説他祭的是誰祭的是死了的葯
官寶玉道這是朋友也應當的芳官笑道
那里是友誼他竟是瘋痴的想頭説他自
已是小生葯官是小旦常作夫妻雖説是
假的每日那此曲文並排場皆是真正温
存体貼之事故此二人就瘋了雖不作戲尋
常飲食起坐两个人竟你恩我愛葯官一

死他哭的死去活來至今不忘所以每節燒紙後來補了蕋官我們見他一般的温柔体貼也曾問他淂新棄舊的他說這又有個大道理比如男子喪了妻或有必當續絃者也必要續絃為是但只是不把死的丟過不提便是情深意重了若一味因死的而不續孤守一世防了大節也不是禮死者反不安了你說可是又瘋又獃說

来可是好笑宝玉聽說了這篇獃話獨合
了他的獃性不覺又是歡喜又是悲嘆又
称奇道絶說天既生這樣人又何用我這
鬚眉濁物玷辱世界因又忙拉芳官囑道
既如此說我也有句話囑咐他我若親對
面與他講未免不便須得你告訴他芳官
問何事宝玉道已後不可燒紙錢這紙錢
原是後人異端不是孔子的遺訓已後逢

時按節只備一个爐到日隨便焚香一心
虔誠就可感格了愚人原不知無論神佛
死人必要分出等例各式各例的却不知
只以誠信為主即值愴惶流離之日雖連
香亦無隨便有土有草只以潔淨便可為
祭不獨死者為祭便是神鬼皆是來享的
你瞧〻我那案上只設一爐不論日期時
常焚香他們皆不知緣故我心里却各有

取因隨便有新茶供一鍾茶有新水便供一盞水或有鮮花或有鮮菓甚至于葷腥菜只要心誠意潔便是佛也都可来享所以說只在敬不在虛名亦（以）後快命他不可再燒紙旁官聽了便答應着一時吃過飯便有人回老太太太太回来了不知後事如何且听下回分解

石頭記第五十九回

柳葉渚边嗔鶯咤燕
绛芸軒裡召將飛符

話說宝玉多添了一件衣服拄着拐扙前边来都見過因每日辛苦都要早些歇息一宿無話次日五更朝中去離送靈日不遠処央琥珀翡翠玻璃四人忙着打點賈母之物玉環彩雲彩霞等皆打點王夫人

之物當面查點交與跟隨管事媳婦們跟
隨的一共大小六个丫鬟十个老婆子媳
婦男人不算連收拾馱轎器械夘央與王
釧兒皆不用隨去只看屋子一面先幾日
先時發帳幔鋪蓋之物先有四五个媳婦
並幾个男人領了出來坐了几輛車遶道
先至下處鋪設安插等候臨日賈母帶着
蓉妻坐一乘馱轎王夫人在後亦坐一乘

駄轎賈珍騎馬率領東[衆]家丁圍護又有几[幾]
輛大車與婆子丫环[鬟]等并放些隨換的衣
包等件是日薛姨媽尤氏率領東[衆]人直送
至大門外方回賈母王夫人駄轎[去後賈珍]自己也
隨後帶領家人押後跟來榮府内派上人
丁上夜將兩處所院都關了一應出入園
中前後東西角門亦皆關鎖只留王夫人
大房之後常係他姐妹出入之門東邊通

薛姨媽的角門這兩門因在内院不必関鎖裡面外央和玉釧兒也各將上房門関了自領了丫鬟婆子們下房去安歇每日林之孝之妻進來帶領十來个婆子上夜穿堂内又添了許多小厮們坐更打梆子已安插得十分妥當一日清曉宝釵春困已醒搴帷下榻覺微清寒及啓户視之見苑中土潤苔青原来是五更时落了幾點微雨

于是喚起湘雲等人来一面梳洗湘雲因說兩腮作癢恐又犯是班癬因問宝釵要些薔薇硝擦宝釵道前兒剩的都給了妹子了因說顰兒配了許多我正要和他要些因今年竝無發癢就忘了因命鶯兒去取些来鶯兒應了方去蕊官便說我同你去順便瞧瞧藕官說着一同出了蘅蕪院二人你言我語一同行來一面說笑不覺

到了柳葉渚順着柳堤走来因見柳葉纔
吐浅碧絲若垂金鶯兒便笑道你會拏這
柳條子編東西不會蕊官笑道編什庅東
西鶯兒道什庅編不得頑的使的都可得
我摘此下来带着這葉子編一个花籃採
了各色放在裡頭才好頑呢說着且不去
取硝着且不去取硝且伸手挽翠披金採
了許多的嫩條命蕊官拏着他一行走一

行編花籃隨路見花便採二枝編出一个玲瓏过樑的籃子枝上自有本来的翠葉滿佈將花放上却也別致有趣蕋官笑道好姐姐給了我罷鶯兒道這一个咱們送給林姑娘回来咱們多採些編几个大家頑說着来至瀟湘舘中黛玉也正晨粧見了这籃便笑說这个新鮮花籃是誰編的鶯兒笑說我編了送姑娘頑的代玉接了

咲道怪道人人讚你的手巧这頑意兒却也别致一面瞧了一回便命紫鵑掛在那里鶯兒見過又問候薛姨媽才和代玉要硝黛玉忙命紫鵑包了一包遞與鶯兒代玉又說道我好了今日要出去曠曠你回去說與姐姐不用過來問候媽了也不敢劳他來瞧我我梳了頭同媽都往你們那里去連飯也端了那屋里去吃大家熱鬧些

鶯兒荅應了出来便到紫鵑房中找蕋官
只見蕋官與藕官二人正說的高興不能
相捨鶯兒便咲說姑娘也去呢藕官先同
我們等去那裏有豈不好紫鵑聽如此便也說道
这話到是他这里淘氣的也可厭一面便將
黛玉的匙筋用一塊洋巾包了交與藕官
你先帶了这个去也算當差了藕官接了
咲嘻嘻同他二人出来一徑順着柳堤来

鶯兒便又採些柳条索性坐在山石上編
起来又命蕊官先送了硝去再来他二人
只顧爱看他編那里捨得他去鶯兒只催
說你們再不去我也不編了藕官說我同
你去了再快回來二人方去了這里鶯兒
正編只見何婆子的小女兒春燕走来笑
问道姐〻織什庅正說着藕蕊二人也到
了春燕便向藕官道前兒你到底燒什庅

紙被我姨娘看見了要告你没告成到被
宝玉賴了他一大些不是氣的他一五一
十告訴我媽你們在外頭才二三年積了
些什広仇恨如今还解不開藕官冷笑道
有什広仇恨他們不知足反怨我們了在
外頭這兩年别的東西不算只算一日我
們的米菜不知賺了多少去合家子都吃
不了还有每日買東買西賺的在外邊我

們使他們一使兒就怨地怨天的你說說
可有良心春燕笑道是我的姨媽也不好
向自外人反說他怨不得宝玉說女孩兒
未出家是顆無價的宝珠出了嫁不知就
怎庅变出許多的毛病来雖是顆珠子却無
有光彩宝色是顆死的了再老老更变的
不是珠子竟是魚眼睛了分明一个人怎
庅变出这様来这話雖是混說到也有些

不差别人不知道只說我媽和嬸媽他老姐妹兩个如今越老越把錢看真了先是老姐兒兩个在家抱怨沒有差使沒有差進益幸虧有了这園子把我們家挑進来可巧把我分在怡紅院家里省了我一个人的費用不算外每月还有四五百錢的餘剩这也还算說不句好後来老姐妹二人都派到梨香院去照看他們藕官認了我

姨媽芳官認了我媽這幾年着寔寛綽了
如今挪進来也算撒開手了還只無厭你
說好笑不好笑我姨媽剛和藕官吵了接
着我媽為洗頭和芳官吵了芳官連洗頭
也不給他洗了昨日得月錢推不去了買
東西先教我洗我想了一想自有月錢就
没了錢要洗時不會和襲人晴雯麝月那
一个跟前和他說一聲也都容易何必借

这个光兒好没意思所以我不洗他又吽我妹〻小鸠兒洗了纔吽芳官果然吵起来接着又要給宝玉吹湯你説可不笑死了人我見他一進来就告訴那些規矩他只不信只要強作知道是的討了没趣兒幸虧園里的人多没人分記的清楚誰是誰的親故若有人記得只我們一家人吵什広意思呢你这会子又跑了来弄这个这

一帶地上的東西都是我姑娘曾首他一得了这地方比淂了永遠錢還利害每日起早睡晚自己辛苦了還不算每日逼首我来照曾看守恐有人遭塌我又恐怕悞了我的差事如今我們進来老姑嫂兩个照看的謹謹慎慎一根草也不許人動你還掐些花兒又折他的嫩樹他們即刻来仔細他們抱怨蔦兒道別人亂掐亂折使不

得獨我使得自從分了地基之後各房里
每日皆有分例吃的不用算单算花草頑
意兒誰管什庅每日誰就把各房里姑娘
了鬟戴的必要各色送些折枝的去另外
还有插瓶的惟有我們姑娘說了一概不
用送等要什庅再和你們要究竟揔没要
過一次我今便掐些他們也倒不好意思說
的一語未了他姑娘果然拄了拐走来鶯

兒春燕等忙讓生那婆子見採了許多的嫩柳又見藕官等都採了許多鮮花心内便不受用看有鶯兒編又不好說什庅便說春燕道我叫你來照看〻便貪住頑不去了倘或叫起你來又說我使了你來挐我作隱身符兒你来樂春燕道你老人家使我又怕這會子又反說我難道把我劈八瓣子不成鶯兒笑道姑媽你別信小燕兒的話

这都是他摘下來的煩我給他編我攆他
他不去春燕笑道你可少頑你只顧頑老
人家就認真了那婆子本是愚頑之輩兼
之老邁昏眊惟利是命一概情面不管正
心疼肝斷無計可施聽鶯兒如此說以老
賣老拏起拐杖來向春燕身上擊了几下
罵道小蹄子我說你還和我强嘴兒呢你
媽恨的牙癢要撕你的肉吃呢你還來和

我揶子是的春燕又愧又急回哭道鶯兒姐姐頑話你老認就真打我我媽為什広恨我我又沒燒胡了洗臉水有什広不是鶯兒道本是頑話你老人家打他我豈不愧広婆子又道姑娘你別管我們的事难道姑娘不許我們管狡子不成鶯兒听見这樣蠢話便賭氣紅了臉撒了手冷笑道你老人家要管那一刻管不得偏我說了

一句頑話就管他了我看你老管他去說
首便坐下仍是編柳籃子偏又春燕的娘
出来找他出来喊（嗐）道你不舀水去在那里
作什広呢这婆子便接声（聲）兒道你来瞧瞧
你的女兒連我也不伏了在那（這）里排喧我
呢那婆子一面走过（過）来說姑奶奶又这広
了我們了頭眼里無娘罷（了）連姑媽也沒了
不成鶯兒見他娘来了只得又說緣（緣）故他

姑娘那裡容人說話便將石上的花柳與他
娘瞧道你瞧瞧你女兒这広大孩子頑的
他先領着人遭遢我我怎広說入他娘正
為芳官之氣未平又恨春燕不隨他的心
便走上来打耳聒子罵道小娼婦你能上
来了几幾年你也跟着那起輕薄浪小婦學
怎広就打不得你了干的我曾不得你是我
毬里吊出来的難道也不敢管你不成郎

是你們這蹄子到的去的地方我到不去你就該死在那里伺候又跑出来浪汗一面又抓起柳條子来直送到他臉上問道这叫什広这編的是你娘的毬鶯兒忙道那是我編的你别指桑罵槐那婆子深妬襲人晴雯一干人心中又畏又讓未免又氣又恨亦且遷怒于衆復又看了藕官又是他令妹的冤家四處湊成一股怨氣那

春燕啼哭着往怡紅院去了他娘又恐問他為何哭他怕又說出打他恐自己又要受晴雯等之氣不免着起急來又忙喊道你回来我告訴你再去春燕那里肯回来急得他娘跑了去又拉他他回頭看見便也往前飛跑他娘只顧趕他不防腳下被苔諦（滑）倒引的鶯兒三个人反都笑倒鶯兒賭氣將花柳擲於河中自回房去這里把

个婆子心疼的只念佛又罵促狹小蹄子遭塌了花兒雷也是要打的自已且掐花與各房送去不提却說春燕一直跑入院中頂頭遇見襲人往黛玉处問安春燕一把抱住襲人說姑娘救救我・娘又打我呢襲人見他娘來了不免生氣便說道三日兩頭兒打了干的打親的賣弄你女兒多还是認真不知王法这婆子雖來了幾日

日見襲人不言不語是好人性兒的人便說道姑娘你不知道不要管我的閑事都是你們縱的这會子还〔還〕管什庅說肖便又趕肖打襲人氣的轉身進来見麝月正在海棠下晾手巾听〔聽〕如此喊鬧便說姐姐別管他看他怎樣一面使个眼色與春燕春燕會意便奔了宝玉身边〔邊〕去眾人都笑說这可是没的事都鬧出来了麝月向婆子道

你煞一煞氣兒難道这広些人的臉面和
你討一个情還討不下来不成那婆子見
他女兒奔到宝玉身邊去又見宝玉拉了
春燕的手說你不怕有我呢春燕一行哭
一行將方才鶯兒等事都說出來宝玉越發
急起来了說你只这里鬧也罷了怎広連
親戚也得罪了麝月又向婆子及衆人道
怨不得这嫂子說我們管不着他們的事

我們雖無知錯會了如今請出一个會溽

肖的人來會一會嫂子就心服口服也就

知道規矩了便囬頭命小了頭子去把平

兒給我叫来平兒不溽閑就把林大娘叫

了来那了頭應了便走衆媳婦上来笑說

嫂子快求姑娘們叫回那孩子來罷平姑

娘来了可就不好了那婆子說道憑那个平

姑娘來也評評理沒有个娘會女兒大家

曾有娘的衆人笑道你當是那个平姑娘

是二奶奶屋里的平姑娘他有情呢說你

兩句他一翻臉嫂子吃不了兜着走呢說

話之間只見那小了頭回来說平姑娘有

事問我作什么我告訴了他他說有這樣

事且攆他出去告訴了林大娘在角門外

打他四十板子就是了那婆子聽如此說

自捨不得出去便又淚流滿面央告襲人等

說好容易我進来了況且我是个寡婦家里没人正好一心没掛的在裡頭扶侍姑娘們也便宜我家也省些費用去又要自已去生失過活將来不免無了過活襲人等見他如此早又心軟了便說你要在这里又不守規矩又不聽說又亂打人那里弄你这不曉事的来天天鬪口也教人笑說沒了體統晴雯道理他呢打發去了是

正景誰和他對嘴對舌的那婆子又央衆
人道我雖錯了姑娘們吩咐了我已後改
過姑娘那不是行好積德又央春燕道原
是為我打你起的究竟没打成你如今反
受了罪了你他替我說說宝玉見如此可
憐只得留下吩咐他不可再鬧那婆子一
一的謝過了下去只見平兒走來問係何
事襲人等說已完了不必再提平兒笑道

得饒人處且饒人淂省事將就省些事也罷了能去了幾日只聽各處大小人兒都作起反来了一處不了又一處叫我不知曾那一處的事是好襲人咲道我只說我們这里反了原来还有幾處平兒咲道这算什庅正經珍大奶奶才算呢这三四天的工夫一共大小出来了八九件了你这里是極小的算不起數兒還有大的可氣

回

可咲之事不知襲人問他何事且听下回分解

石頭記第六十回

茉莉粉替去薔薇硝
玫瑰露引出茯苓霜

話説襲人因問平兒何事这等忙乱平兒咲道都是世人想不到的説来也可咲等儿日告訴你如今沒頭緒呢且不淂閑兒呢一語未了只見李紈的了頭也来説平兒姐〻可在这里奶〻等你怎庅不去了平

兒忙轉身來口内咲道來了〻〻襲人咲道
他奶〻病了你又成个香餑〻了都搶不
到手平兒去了不提这里宝玉便使春燕
你跟了你媽〻 到宝姑娘房里給鶯兒幾
句好話听〻也不可白得罪了他春燕答
應了和他媽出去宝玉又隔窓説道不可
当着宝姑娘説仔細反教鶯兒受教道娘
兒兩個應了一壁走着一壁説閑話兒春燕因

向他娘道我素日常勸你老人家再不信何苦来鬧出没趣来才罢他娘咲道小蹄子你走罢俗語說不經一事不長一智我如今知道了你又該支問肴我春燕咲道媽你若是安分守已在这屋里長久了自有許多的好処我且告訴你句話宝玉常說这屋里的人無論家里外頭的一應我們这些人他都要回太〻全放出去与本

人的父母自便呢你說这一件可好不好
他娘听說喜的忙問这話果真春燕道誰
可扯这謊作什庅婆子听了便念佛不絶
当下来至蘅蕪院中正置宝釵黛玉薛姨
媽吃飯鶯兒自去泡茶春燕便和他媽一
逕到鶯兒跟前咲說方才言語冒撞了姑
娘莫嗔莫怪特来陪罪鶯兒忙讓坐又到
茶他娘兒两个說有事便作辞回来忽見

蕋官趕出来叫媽〻妹〻跕一跕一面走
上来遞了一个紙包兒与他們說是薔薇
硝帶与芳官擦臉春燕笑道你們也太小
器氣了还怕那里没有这个与他巴〻的你
又弄一包給他去蕋官道他的平常我送的
是上好的好姐〻千万帶回去罷春燕只
得接了娘兒兩个回来正置賈環賈琮二
人来問候宝玉也才進去春燕便向他娘

說只我進去罢你老人家不用去他娘听了自此便百依百隨的不敢倔強了春燕進来宝玉知道回覆便先点頭春燕知意便不再說一語畧站了一站便轉身出来使眼色与芳官芳官出来春燕悄悄的說与他蕋官之事並与宝玉硝又說是擦春癬的因笑問芳官手里是什広芳官便忙遞与又說是薔薇硝宝玉笑道难為他想的到

賈环听了便伸肖頭睄又聞了一闻：得一股清香便湾腰向靴内掏出一張紙来托肖咲說好哥、給我一半兒宝玉只得要与他芳官心中囙是蕋官所贈不肯与別人連忙攔住咲說道別動这个我另拿些来宝玉会意忙包上說道快取来芳官接了这个自去収好便從奩中去尋自已常使的啓奩看时盒内已空心中疑惑早间

还剩了些如何没了因問人时都說不知
麝月便說这会子且忙有急問这个不过
是这屋里的人必是短了使了你不曾拿
些什庅給他們那里省的出来快打發
他們去了偺們好吃飯芳官听說便將些
茉莉粉包了一包拏來賈环見了喜的就
伸手接芳官听說向炕上一擲賈环只得
向炕上拾了揣在怀内方作辞而去原来

賈政不在家且王夫人等又不在家賈环連日也裝起病来了逃學如今得了硝興：頭頭来找彩雲正置彩雲和趙姨娘閒談賈环嘻：向彩雲道我也得了一包好的送你擦臉你常說薔薇硝擦臉比外頭的銀硝强你且看：可是这个彩雲打開一看嗤的一声笑了說道你是合誰要来的賈环便將方才之事說了彩雲笑道这是他

們哄你这鄉老兒呢这不是硝这是茉莉
粉賈环看了一看果然比先前的代着紅
色聞〻也是噴香因笑道这也是好的硝
粉一樣留着擦罷自是比外頭的高便好
彩雲只得收了趙姨娘便說有好的給你
誰叫你要去了怎怨他們要你依我拿了
去照臉摔給他去趁这会子撞屍的撞屍
去了挺床吵一出子大家別心淨也算報

仇莫不成兩个哥〻不敢冲撞他罷了难
道屋里的猫兒狗兒也不敢去問〻不成
賈环听了便低頭彩雲忙說这又何苦生
事不管怎樣柰此罷了趙姨娘道你休管
横竪与你無干乘自抓住礼罵給那浪淫
婦們一頓也是好的又指賈环你这下流
没剛性的也只好受这些毛崽子的氣平
白說你一句或無心中錯拿了一件東西

給你〻倒瞪着眼敦摔人這会子被那起毬
崽子要弄到也罢了你明兒还想这些家
里人怕你呢没有毬本事我也替你羞死
了賈环听了又愧又急又不敢去只摔手
說道你这庅会說你又不敢去支使了我
去鬧他們倘或往學里告去我挨打你敢
自不疼呢你遭〻調唆我去鬧出了事我
挨打罵你可低了頭了这会子又調唆我

与毛了頭鬧你不怕三姐子里爬出来的（姐応趙姨娘道他是我八）
我再怕起来这屋里越發有活頭兒了一
面說一面拏了那包粉便飛也似的往園
中去了彩雲死劝不住只得躲入別房中
賈环便躲出儀門自去頑去了趙姨娘真直
進園子正是一頭大頂頭正遇見藕官的
干娘夏婆子走来見趙姨娘氣恨〻的走
来因問趙姨奶〻那去趙姨娘又說你瞧

睄这屋里連両三日進来的唱戲的小粉頭子們都三般両樣掂人分量放小菜兒若是別一个我还不惱若叫这些小娼婦捉弄了还成什庅了婆子听了正中其怀忙问曰何趙姨娘便將芳官以粉作硝輕侮賈环之事說了夏婆子道我的奶奶你今兒才知道这等算什庅連昨日这个地方他們私自燒帋錢宝玉还攔到頭里人家

还没拿進个什应兒来就說使不得不干
不净的東西忌諱这燒紙到不忌諱了你老
想一想这屋里除了太〻誰还大似你〻
老自己拿不起来但凡掌起来誰还不怕
你老人家如今我想来这几个小了頭兒
都不是正頭貨得罪了他們也有限的快
把兩件事抓着礼扎太〻个筏子我再帮着作
証撒你把威風抖一抖以後也好爭别的

礼便是奶々姑娘們也不好為那起小粉
頭子說你老的趙姨娘听了这話亦發有
理便說烧〔絲〕的事不知道你却細々的告訴
我夏婆子便把前事一五一十說了又說你只
曾說去倘或鬧还有我們帮肴你呢趙姨
娘听了越發得了意仗肴胆子便一直到
了怡紅院中可巧宝玉听見代玉再那屋
里便往那里去了芳官正与襲人等吃飯

見了趙姨娘来了都忙起身咲讓趙姨奶奶吃飯有什庅事这等忙趙姨娘也不答話便將粉照芳官臉上撒来手指芳官罵道小淫婦你是我手里銀子不買来學戲的不过娼婦粉頭之流我家下三等奴才也还比你尊貴些你都看人下菜碟兒宝玉要給東西你攔在里頭莫不是要了你的拿这个哄人你只当他不認得好不好

他們是手足都是一樣的主子那里有你們小看他的芳官那里禁淂住這話便自急哭道曰那硝没了所以才拿這个給他的若說没了又恐不信难道這不是好的我便學戲也没外頭唱去女孩家知道什広是粉頭面頭的姨奶奶犯不着來罵我我又不是姨奶奶家買的梅香拜把子都是奴才呢襲人忙拉他道休胡說趙姨娘氣

的上来便打了兩个耳刮子襲人等忙上
来拉劝說姨奶、別和他小孩子一般見
識等我們說他芳官捱了兩下打那里肯
依便拾頭打滚潑哭潑鬧起来口内便說
打起我来了你照：那模樣兒再動手打
我叫你打了去我还活着便撞在怀内叫
他打衆人一面劝一面拉他晴雯悄拉襲
人說別管他們鬧去看怎麽鬧交如今亂

為王了什庅你也来打我也来打都这様
还了淂呢外面跟随趙姨娘来的人听見
如此ケ：心中称愿都念佛說也有今日
又有那一千怀怨的老婆子見打了芳官
也称愿当下藕官蕋官正在一処作耍湘
雲的大花面葵官宝琴的荳官両ケ闻了
此信慌忙找着他両ケ說芳官被人欺負
偺們也没臉湏淂大家破着大闹一塲方

争过氣来四人終是小孩子心性只顧他
們的情分上義憤便不顧別的一斉跑入
怡紅院中荳官先便一頭几乎不曾将趙
姨娘撞了一跤那三个便也擁将上来放
声大哭手撕頭撞把趙姨娘裹住晴雯等
一面哭一面假意来拉急的襲人忙拉起
这个又跑了那个只說你們要死有委曲
只會好說这里如何使得趙姨娘反没了

主意只好乱罵蕋官藕官两个一边一个跑住左右手蔡官荳官前後頭頂住四人只說你只打死我們四个就罢了芳官直挺挺淌在地下哭的死过去正没開交誰知晴雯早差春燕囬了探春当下尤氏李紈探春三人带領平媳婦走来將四个喊住問起原故趙姨娘便氣的瞪眉眼粗了筋一五一十說个不清尤氏李紈两个不

肯答言只喝住四个探春嘆氣道这是什
広大事姨娘也太肯動氣了我正有一句
話要合姨娘商議怪道了頭說不道在那里
原来在这里生氣呢姨娘快同我来商議
趙姨娘無法只得同他三人出来口內說
犹說長說短探春便說那些小了頭子們
原是些頑意喜欢呢合他說〃咲〃不喜
欢便可以不理他便他不好了也如同猫

免狗免抓咬了一下子可恕就恕不然也
只該呌了管家媳婦們說給他去責罰何
苦自己不尊重大吆小喝也失了休統你
睄周姨娘怎庅不見人欺負他：也不尋
人去我劝姨娘且向房去然：性免別听
那起混賬人的調唆没的惹人咲話自己
獃白給人作粗活心里有三分氣也忍耐
这几天等太：回来自然料理一夕話說

的趙姨娘閉口只得回房去了這探春氣的和尤氏李紈說這麽大年紀行出來的揔不叫人敬服這是什麽意思也值得吵一吵並不留体統耳朵又軟心里又沒有計算這又是那起沒臉的奴才調停作弄出來个獃人替他出氣越想越氣因命人查是誰調唆的媳婦們只得答應自出來相視而笑都說是大海里尋針去只得

将趙姨娘的人並园中喚来盤結都說不知道众人已無法只得回探春一时难查慢慢的訪查凡有口舌不妥的一揔回来責罰探春的氣漸漸平服方罢可巧芳官便悄悄的回探春說都是夏媽素日和我們不对每每的造言生事前日賴藕官燒紙幸亏是宝玉叫他燒的宝玉自己也應了他纔没話今兒我与我姑娘送手帕去看

見他合姨奶奶〻在一处說了半日唧〻喳〻的見了我才走開来了探春听了虽知情敝亦料定他們皆一黨本皆淘氣異常便只答應也不肯據此為寔誰知夏婆子的外甥女兒蟬姐便是探春处当差的时常与房中丫环們買東西呼喚众弔女孩皆待他好这日飯後探春正上所理事翠墨在家看屋子命蟬姐出去叫小么兒們

買糕去蟬姐說我才在大院子腰腿生疼的你叫別人去買罢翠墨咲道我又叫誰去你趂早兒去我告訴你一句好話你到後门順路告訴你老娘防着些兒說着便將芳官告他老娘的話告訴了蟬姐兒听了忙接了錢道这小蹄子也要捉弄人等我告訴他去說着便起身出来至後門边只見厨房内此刻正閙之时都坐在台

堦下說閑話呢他老娘亦在内蝉姐便命一个婆子听了出去買糕他且一行罵一行說将方才之話告訴夏婆子听了又氣又怕便欲去找艾官問他又要往探春前去訴寃蝉姐攔住說你老人家去怎麽說呢這話怎得知道的可又叨登不好了說給你老防着就是了那里忙到這一时兒正說着忽見芳官走来扒着院門咲向廚房

下柳家媳婦說道柳嫂子宝二爺說了晚飯的素菜要一樣涼〻酸〻的東西只別要格上香油別弄贓了柳家的咲道知道今兒怎遣(広)你来告訴怎(這)一句要緊的話你不嫌贓進来逛(逛)〻兒芳官在(便)進来忽見一个婆子手里托了一盤糕来芳官便戲道誰家的熱糕我先嚐一嚐蟬姐一手接了道这是人家賣(買)的你們还稀罕这个柳家

的唉道芳姑娘你喜吃这个我这里才買了下給你姐〻吃的他不曾吃还収在这里干〻净〻没動呢説着便拿了一碟子出来遞給芳官又説你等我替你頓壺好茶来一面進去現通開火頓茶芳官便拏着糕向着蟬兒臉上説誰稀罕吃你的糕这不是糕不成我不过説着頑罷了你給我磕頭我也不吃説着把手内的糕一塊

塊的掰了擲着打雀兒頦口內咲說道柳
嫂子你別要心疼我回來買二斤給你小
蟬兒氣的怔〻的瞅着冷笑道雷公老爺
也有眼睛怎不打這作孽的他還氣我呢
我可挐什麼比你們又有人進貢又有人
作干奴才溜〻你們好上好兒幫襯有好
說句話兒媳婦都說姑娘們罷喲天〻見
了就咕噥〻有幾个伶透的見他們对了

口怕又生事都各自走開了当下蝉姐兒也不敢十分說一面咕噥着去了这里柳家的見人散了忙出来找芳官道前兒那話說了不曾芳官道說了等一二日再提此事偏那趙不死的又和我鬧了一塲前兒那玫瑰露姐〻吃了不曾他到底可好些柳家的道可不都吃了他愛吃的什庅是的又不好再問你要芳官道不值什庅等再

要些给他就是了原来这柳家的有个女兒今年才十六步雖是厨役之女却生得人物与平兒襲晴紫兒同類因他排行第五便叫作五兒因素弱多病故没得差近因柳家的見宝玉房中了鬟差輕人多且又聞得宝玉将来都要放他們故今要送他到那里去應名兒正無門路可巧这柳家的是梨香院的差役他最小意慇勤伏侍得

芳官一干人比別的干娘还好芳官等亦待他極好如今便和芳官說了央芳官与宝玉說宝玉虽是依允只是近日病有又見事多尚未說淂前言少述且說芳官當下回至怡紅院中回覆宝玉〻〻正在听見趙姨娘廝吵心中不悅說又不是不說又不是只待吵院（完）了打听探春劝了他去後方從蘅蕪院回来劝了芳官一陣大家安

妥今見芳官回来又說还要玫瑰露給柳家五兒吃去宝玉忙道有的我又不大吃你都給他去罷說着便命襲人取了出来見瓶中亦不多連瓶与了他芳官便携了瓶与他去正值柳家的带進他女兒散悶在那边犄角子上地方曠了一会便回到厨房内正吃茶歇脚見芳官拿了一个五寸来高的小玻璃瓶来迎亮照裡面小半瓶

胭脂一般的汁子还当是宝玉吃的葡桃
酒母女两个說快拿鏇子湯滾水你且坐
下芳官笑道就剩这些連瓶都給你們罢
五兒听了方知是玫瑰露忙接了謝了又
謝芳官又問他好些五兒道今兒精神好
了些進来逛逛这後边一帶没有什庅意
思不过是些大石頭大樹和房子後墻正
經好景緻也無看見芳官道你為什庅不

往前边去柳家的道我没叫他往前边去
姑娘們他不認得他倘或不对眼的人看
見又是一番口舌明兒托你携帶他有了
房頭怕没有人帶着他瞞呢只怕瘕臓了的
日子还有呢芳官听了笑道怕什庅有我
呢柳家的忙道噯喲我的姑娘我們的頭
皮兒薄比不得你們說着又倒了茶与芳
官他只吃了一口便走了柳家的說道我

这里占肖手五了頭送々五兒便送出来
囙見無人又拉肖芳官說道我的話到底
說了没有芳官关道我哄你不成听見屋
里正最（经）还少两个人的窩兒並没補上一
个是紅玉璉二奶々要了去还没給人来
一个是墜兒没補如今要一个也不算过
分平兒每々和襲人說凡有動錢的事得
挨好如今三姑娘正要找人扎筏子呢連

他屋里的事都駁了兩三件如今正要尋我們屋里的事沒尋有何苦来往網里磞去倘或說些話駁了那是老了到难再回轉不如等冷一冷兒老太太心閑天大大的事先和老的一說沒有不成的五兒道虽如此說我却性急等不得了趁如今挑上來了頭一則給我媽爭口氣也不枉養我一塲二則我添了月錢家里又從容些三

則我的心開一開只怕这病就好了便是請大夫吃藥也省了家里的錢芳官道我都知道了你只管放心二人别过芳官自去不提单表五兒回来与他娘深謝芳官之情他娘因說再不成望得了这些東西虽然是个珍貴物兒却是吃多了也最動热竟把这个倒些與人也是大情五兒问送誰他娘道送你旧旧的兒子昨日热病

也想这些東西吃如今我倒半盞与他去
五兒听了半日没言語隨他媽倒了半盞
去下剩的連缾放在傢伙厨内五兒冷笑
道依我說竟不給他也罷了倘或有人盤
問起来到又是一塲事了他娘道那里怕
起这些来还了得了我們辛辛苦苦的頭
賺些東西也是應該的難道是做賊偷的不
成說着不听一逕去了直至外边他毒現

他哥〻家中他外甥子正倘有一見了这个他哥嫂侄男無不欢喜現從井上取了涼水和吃了一碗心中一暢頭目清涼剩的半盞用紙蓋着放在桌上可巧又有几个小厮因他外甥素日相好走來候他的病内中有一小伙兒名唤錢槐乃係趙姨娘之内侄他父母現在庫上管賬他本身又派跟賈环上學因他有些錢勢尚未娶親

素日看上了柳家五兒縹緻一心和他父
母說了要他為妻也曾托媒人再三求告
柳家柳家却也情愿怎奈五兒執意不從虽
未明言却行止中已帶出來他父母未敢應
允近日又想往院內去越發將此去開只
等三五年後放出时自向外边擇婿了錢
家見他如此也就罷了怎奈錢槐不得五
兒心中又氣又恨發恨定要弄取成配方

了此愿今也来同人睄住柳家不期柳家
的忽見一群人来了内中有錢䙊便推説
不得閑起身便走了他哥忙説姑媽怎庅
不吃茶就走难為姑媽忌掛柳家的因笑
説只怕里頭傳飯再问了出来睄侄兒罢
他嫂子因抽屉内取了一个紙包拏在手
内送柳家的出来至墻角边遞与柳家的
因咲道这是你哥〻昨日在門上該班兒

誰知這五十一班竟偏冷淡一个外財沒
發只有昨兒有一粵東的官来拜送了上
頭兩小簍子茯苓霜餘外給了門上一簍
作門禮你哥々分了這些這地方千年松
柏最多所以单取了這茯苓的精液和了
藥不知怎庅弄出這个怪俊的白霜兒来
說第一用人乳和有每日早氣吃一鍾最
補人的第二用牛奶子万不得已用滚水

也好我們想着正宜外甥女兒吃虧是上半日打發小丫頭子家去的他說鎖着門連外甥女兒也進去了本来我要瞧〻他去給他帶了去的又想着主子們不在家各処嚴緊又沒什広差使又沒要緊跑些什広況且這兩日風聞得里頭家宅反乱的倘或沾帶了到不好姑娘来得正好親自帶去罢柳氏道了生受作别回来剛到

了角門只見一个小幺兒咲道你老人家那里去里頭兩三次吽人傳你呢我們三四个人都找你老人家去了还没来你老人家却從那里来这一条路又不是往家里去的路我到疑心起来那柳家的咲罵道好猴兒要知端的且看（聴）下回分解

石頭記卷六十一回

投鼠忌器宝玉認贓　判冤断獄平兒行權

那柳家的笑道好猴兒你親嬸子找野兒去了你豈不多得一个叔〻有什庅疑的別討我把你楿子蓋上的几根毬毛撏下来还不快開讓我進去呢這小廝且不推門且拉着笑說好嬸子你這一進去好歹偷些杏子出来我吃我這里老等你若忘了日後半夜三更打酒買油的我不給你老人家開門也不荅應你

隨你干旪去柳氏啐道發了昏的今年还比往年把這些﹅東西都分給衆位奶﹅了一个﹅像抓破了臉的人打樹底下一過两眼就像那離鷄似的还動他的菓子昨日我從李子樹下一走偏有一个蜜蜂兒往臉上一過我一招手兒偏你那好舅母就看見了他離的遠看不真只當我摘李子呢就毬聲浪嗓喊起来説又是还没有供佛呢又是老太﹅太﹅不在家还没有進鮮呢等進了上頭嫂子們自然有分的到像

害了餓癆等李子出汗呢呌我也没有好話搶白了他一頓可是你舅母姨娘兩三个親戚都曾自怎庅不和他們要到和我来要這可是倉老鼠和老鴰去借粮守自没有飛自到有小廝笑道噯喲〻没有就罷了說上這些閑話我看你老已後就用不自我就便是姐〻有了好地方將来更呼喚日子多只要我們多答應他些就有了柳氏听了笑道你這小猴精又掄鬼平白的你姐〻有什庅好地方那小廝笑道

別哄我了我早已知道了但你們有內庠難道我們就
無有內庠不成我雖然在這里听呵裡頭却也有兩
个姐妹成个体統的什庅事瞞了我們正說自只听門
内又有老婆子向外吽道小猴兒們快放你柳嬸子
去罷再不來可就悮了柳家的听了不顧和小厮說
話忙推門進去咲道不必忙我來了一面來至厨房
雖有几个同伴的人他都不敢自專单等他調停分
派一面問衆人五了頭那去了衆人都説茶房里找

他們姐妹們去了柳家的听了便將茯苓霜擱起且按自房頭分派菜饌忽見迎春房里小丫頭蓮花兒走來說司棋姐〻說了要碗雞蛋頓[羔蒸]的嫩〻的柳家的道就是這樣尊貴不知怎的今年這雞蛋短的狠十个錢一个还找不出來昨日上頭給親戚家送粥米去四五个買辦出去好容易才凑了三千个來我那里找去說給他改日吃罷蓮花兒道前兒要吃豆付你弄了些〻餿的呌他說了我一頓今兒要雞蛋又没

有了什広好東西我就不信連鷄蛋都没了别叫我翻出来一面説一面真个走〔來〕揭起菜箱一看只見里面果有十来个鷄蛋説道這不是鷄蛋你就這広利害吃的是主子的你為什広心疼又不是你下的蛋怕人吃了柳家的忙丢了手里的活計便上来道你少满嘴里混唚你娘才下蛋呢通共留下這九个預備菜上頭澆頭姑娘們不要还不肯作這个去呢預接〔備〕急的你你〔們〕吃了倘或一聲要起来没有好的連鷄

蛋都没了你們深宅大院水来伸手飯来張口只知
鷄蛋是平常物件那里知道外頭買賣的行市呢别
說這个有一年連草棍子還没了的日子还有呢我
劝他們細白米飯每日把肥鷄大鴨將就些兒也罷
了吃膩了格天〻又鬧起故事来了鷄蛋豆付又什
広麺斤醬羅卜炸敢自倒換倒口味只是我又不是
荅應你們的一處要一様就是十来樣子或我到别
伺候主子只預備你們蓮花听紅了臉喊道誰天〻

要你的什庅来你說上這两車話叫你不是為便宜却為什庅来前兒小燕来說晴雯姐〻要吃蘆蒿你怎庅忙的还問肉吵鷄炒小燕說葷的因不好吃另叫你吵麪斤的少擱油才好你忙的到說自己發昏趕着洗手炒了狗顛兒似的親捧了去今兒反到拿我作筏子說我給衆人听柳家的忙道阿彌陀佛這些人眼見別說前兒一次就從舊年一立廚房以来凡各房里偶然間不論姑娘姐兒們要添一樣半

樣誰不是先拿了錢來另買另添有的没的名聲兒好听說我单管姑娘廚房省事又有剩頭兒算起來賬來惹人惡心連姑娘帶姐兒們四五十个人也只曾（是）要兩支鷄兩支鴨子十來斤肉一吊錢菜錢你們們算算勾作什庅的連兩頓飯還支持不住這个点点這樣那个点那樣買來的又不吃又買別的去既這樣不如意回了老太太多添些些分例也像大廚房里預備老太太的飯把天下所有菜蔬用水牌寫下轉首

吃〻到一个月現算到好連前兒三姑娘和宝姑娘偶然商議了要吃个油塩炒枸把芽兒現打發一个姑娘来拏着五百錢来給我〻〻到笑起来了說二位姑娘就是大肚子彌勒佛也吃不了五百錢的去這事我还預備得起趕着我送回錢去到底不收說賞我買酒去吃又說如今廚房在里頭保不住屋里的人不去要点子油塩醬醋那不是錢買的你不給又不好給了又没的賠你拿着這个錢全當还了他們素日

叨惠的東西罷這才是明白体下的姑娘我們心里只替他念佛没的趙姨奶〻听了又氣不忿反說太便宜了我過不了十天也打發个小丫頭子来尋這樣那樣的我到好笑起来你們就成了例不是這个就是那个我那里有這些賠的正乱肴只見司棋又打發人来催蓮花兒說他死在這里了怎庅就不回去蓮花賭氣回去便添了一篇話告訴了司棋司棋听了不免心頭起火忙吩咐小丫頭在這里伺候倘或

姑娘呌㫖便荅應一聲説我就来不必提此事一面説㫖便帶了两个小了頭子急〻趕到厨房只見許多人正吃飯見他進来的勢頭不好都忙起身陪笑讓坐司棋便喊道小了頭子們動手凢箱櫃所有的菜蔬只管丟出来喂狗大家賺不成小了頭子巴不得一聲忙的七手八脚搶上去一頓乱翻乱擲慌的衆人一面拉劝一面央告司棋説姑娘别听那小孩子的話柳家的有八个頭也不敢得罪姑娘若説鷄蛋是真

〻難買我們才也說他不知好歹憑是什麼東西也少不淂変法兒去他已經悟過來了連忙蒸上了姑娘娘不信睄那火上司棋被衆人一頓好言方將氣劝漸〻平了小了頭也沒淂摔光東西便拉開了司棋連說帶罵鬧了一回方罷又被衆人劝去柳家的又摔碗丟筋自已咕噥了一會蒸了一碗鷄旦令人送去司棋全潑于地下了那人回來也不敢說恐又生事柳家的打發他女兒去後喝了一碗湯吃了半碗粥

又將茯苓霜一節說了五兒听罷心下要吒吒贈芳官
官遂用紙包了一半趁黃昏之時自已花遮柳隱的
來找芳官且無人盤問一逕到了怡紅院中門前不
好進去只在一簇玫瑰花前站立遠遠的有一盞茶時
可巧小燕出來忙上前叫住小燕不知是那一个至
跟前方看真切因問作什麼五兒笑道你叫出芳官
來我和他說句話小燕悄笑道太急了橫豎等十來日
就來了只管找他作什麼方才使了他往前頭去了

你且等他一等不然有什庅話説告訴我等我告訴
他恐怕你也等不得只怕関園門了五兒便將茯苓
霜遞與小燕説這是茯苓霜如何吃如何補益我得
些〻送他的轉煩你遞與他就是了説畢作辞回来正
走蓼溆一帶忽見迎頭林之孝家的帶着几个婆子
走來五兒藏躲不及只得上来問好林之孝家的問
道我听見你病了怎庅跑到這里來五兒陪笑説道
這両日好些〻跟我媽来散〻悶才自因我媽使我到

怡紅院送傢伙去林之孝家的說道這話岔了方才我見你媽出去我才閂門既是你媽使你去他如何不告訴我說你在里頭呢竟出去讓我閂門是何主意呢可知你扯謊五兒听了沒話回答只說原是我媽一早教我去的我忘了我挨到這時候我才想起來了只怕我媽錯當我先出去了所以没和大娘說淂林之孝家的听見辭遁色虛又因近日玉釧兒說那边正房內失落東西几个了頭對賴没主兒心下

便起疑可巧小蟬兒蓮花並几个媳婦子走來听見了這事便說到林奶〻到要審〻他這兩日他往這里頭跑的不像樣咕〻唧〻不知幹些什麽事小蟬又道正是玉釧姐〻說太〻耳房的櫃子開了少了些零碎東西璉二奶〻打發平姑娘合玉釧姐〻要玫瑰露誰知也少了一礶子若不是尋玫瑰露还不知道呢蓮花笑道這話我沒听見今兒我到看見一个玫瑰露瓶子林之孝家的正因沒主兒每日鳳姐

此回於前文不圓

使平兒催逼他一听此言忙問在那里蓮花兒便說在他們厨房里呢林之孝家里的听了忙命打着燈籠帶肴衆人来搜五兒急的便說那原是宝二爺屋里芳官給我的林之孝家的便說不管你方官圓官現有臓証我自呈報凭你主子前辯去一面說一面入了厨房蓮花兒帯肴去取玫瑰露瓶恐还有偷的別物又細細的搜了一遍又得了一包茯苓霜一並拏了帯了五兒前来回李紈探春那時李紈正因蘭哥

兒病了不理事物只命去見探春探春已歸房人回
進去了丫鬟們都在院内納涼探春在内盥沐只有待
書回進去半日出来說姑娘知道了叫你們找平兒
回二奶〻去林之孝家的只得領出來到鳳姐那边
先找着平兒進去回了鳳姐鳳姐才歇下听見此事
便吩咐將他娘打四十板子攆出去永不許進二門
把五兒亦打四十板子立刻交給庄子上或賣或配
人平兒听了出来吩咐了林之孝家的五兒唬的哭

哭啼啼給平兒給跪着細訴芳官之事平兒道這也不難明日問〻芳官便知真假但只這茯苓霜前日送了來還等老太〻太〻回來看了才敢打開這不該偷了去五兒見問忙將他舅〻送的一節說了出来平兒聽了笑道這樣說你竟是平白無辜之人拏你來頂缸的此時天晚奶〻才吃了藥歇下不便為這點子事去絮叨如今且將他交給上夜的人看守一夜等明日我回了奶〻再作道理林之孝家的不

敢進拗只得帯了出来交與上夜媳婦們看守自便去了這里五兒被人禁起一步也不敢多走又見衆人也有勸他說不該做這沒行止的事也有報怨說正景(經)更坐不上来又弄个賊来給我們看着倘或眼不見尋了死逃走了都是我們的不是于是又有素日與柳家不睦的人見了這樣十分趣愿落(奚)嘲笑他這五兒心内又氣又委曲又無處可訴且本来(身)弱有病一夜要思茶無茶思水無水思睡又無衾枕嗚〻

咽〻哭了一夜誰知合他母女不和的巳不淂一時
攆出他們去生恐次日有变大家先起了个清早都
悄〻的来買轉平兒又送此〻東西與他一面又奉承
他辦事簡斷一面又講述他母親素日許多不好平
兒都一〻的應肴打發他們去了便悄〻的来訪襲
人問他可果真芳官給他玫瑰露来襲人便説玫瑰
露却是給了芳官芳官轉給何人我却不知襲人于
是又問芳官芳官唬的忙應道是自巳送他的芳官

便又告訴了宝玉宝玉也慌了説玫瑰露雖有了若問起茯苓霜来他自然也寔供若听見了是他舅々門上得的他舅々又有了不是豈不是人家的好意反被咱們害了因和平兒計議玫瑰露的事雖完然這茯苓霜也是有不是的只説是我給他的平兒道雖如此説只是他昨晚已竟同人説是他舅々給的了如何又説是你給的况且那边所丢的露也正無主兒如今有贓証的白放了又去找誰還肯認衆人也

未必服晴雯走来笑道太〻那边的露再無别人分
明是彩雲偷了給环哥兒去了你們可瞎乱説平兒
笑道誰不知是這原故但今玉釧兒急的哭悄〻問
自（彩雲）他〇若應了玉釧兒也就罷了大家也就混着不
問了难道我們好意兜攬這事不成可恨彩雲不應
但不應他还揞玉釧兒説他偷了去了兩个人窩（東窩）里
發炮先吵的合府皆知我們如何粧没事人少不得
要查内中有个人却是賊有臟証也怎麽説他宝玉

道這件事我也應起来說是唬他們頑来悄〻的偷了太〻的来了兩件事都完了襲人道也到是件陰隲事保全人的賊名兒只是老太〻听見又說你小孩子淘氣不知好歹了平兒笑道這也到是小事如今便送趙姨娘屋里起了贜来也容易我只怕又傷了一个好人体面別人都別管這一人豈不又生氣我可怜是他不肯為打老鼠傷了玉瓶說有三个指頭一伸襲人等听說便知他說的是探春大家都慌

說可是這話竟是我們這里應了起来為是平兒又
笑道也湏滑把彩雲和玉釧兒兩个業障叫了来問
准了他方好不然他們滑了益不說為這个（我們不肯說）到像我
們没本事問不出来煩出這里來完事他們已後越
發偷滑偷不得的儘管偷了襲人等笑道正是也要
留个地步平兒便命一个人去叫了他两个来說
道不妨賊已有了玉釧兒先問賊在那里平兒說在
二奶〻屋里呢問他什庅應什庅我心里明知不是

他偷了可怜他害怕都承認了這里宝二爺不過意要替他認一半我待要說出来但只是這作賊的又是我和他好的一个姐妹窩主却是平常裡面又傷肖一个好人的体面因此為難少不得求宝二爺應了大家無事如今反要問你們两个还是怎庅樣若從此以後大家小心了存体面這便求宝二爺應了若不然我就回了二奶奶別委曲好人彩雲听了不覺紅了臉一時羞惡之心感發便說道姐姐放心也別

冤屈了好人也別帶累了無辜之人傷体面偷東西
原是趙奶〻央告我再三我拏些與环哥兒這是情
真連太〻在家我們还拏過各人去送人也是常事
我原說嚷過兩次就罷了如今既屈了好人我心里
也不忍姐〻竟帶我回二奶〻去一概應了完事衆
人听了都咤意他竟這樣有肝胆宝玉忙笑道彩雲
姐〻果然是个正經人如今也不用你應我只說是
我悄〻的偷的唬你們頑如今閙出事来我原承認

只求姐〻們以後省些〻事大家就好了彩雲道我幹的為什庅你應死活我該去受平兒襲人忙道不是這樣說你一應了未免又要叨登出趙姨奶〻來了那時三姑娘听了豈不又生氣竟不如宝二爺應了大家無事且除了這几个人皆不知道這事何等干净但只以後千万大家小心些〻就是了要什庅好歹柰到家（太太來）那怕連屋子給了人我們就没了干係了彩雲听了口听低頭一想方依允了于是大家商議妥

貼平兒帶了他兩个並芳官往前边來至上夜房中吽了五兒將茯苓霜一節也悄悄的教他說係芳官所贈五兒感謝不盡平兒帶他們來至自巳這边巳見林之孝家的帶領几个媳婦押了他來因說道恐園里沒人伺候姑娘們的飯我暫且將秦顯的女人派了去伺候姑娘一併回明奶奶他到干净謹慎以就後派他常伺候伺候罷了平兒道秦顯的女人是誰我不大相熟林之孝家的道他是園里角門上上夜

的白日里没什庅事所以姑娘們不大認識髙〻孤
拐大〻眼睛最干净爽利的玉釧兒道是了姐〻你
怎庅忘了他是跟二姑娘司棋的嬸娘司棋的父母
雖是大老爺那边的人他嬸子却是這边人平兒听
了方想起笑道你早說是他我就明白了又笑道也
太派急了些如今這事八下里水落石出了連前兒
太〻屋里丢的也有了主兒是宝玉那日過来和這
两个業障要什庅的偏這两个業障謳他頑說太〻

不在家不敢拿宝玉便聽他两个不隄防自己進去拿了些〻什庅出来這两个業障不知道就唬慌了如今宝玉听見帯累了别人才細〻的告訴了是我拿出來的東西我賠〻一件也不差那茯苓霜也是宝玉外頭淂了來的也曾賞過許多人不獨園內人有連媽媽子們討了出去給親戚們吃又轉送人襲人也曾給過芳官等們他們各自私情徃来也是常事前兒兒那两簍还擺在議事所上好〻的原封不動的怎

広就混賴起人来等我回了奶ゝ再說抽身進去了至卧房將此事照前言回了鳳姐一遍鳳姐道雖如此說但宝玉為人不管青紅皂白愛兜攬事別人再求ゝ他去他又擱不住兩句好話給他个炭簍兒帶上什広事他不應承咱們若信了將来若大事也如此如何治人還要細ゝ的追求才是依我的主意把太ゝ屋里的丫頭都拿來雖不便拷打只叫他們墊自磁瓦子跪在太陽地下茶飯也別給他們吃一日

不說跪一日便是鉄打的膏嘴一日招了又道蒼蠅不鑽没縫的蛋雖然這柳家的没偷倒的有些、影兒人才說他雖不加刑也革出不用朝庭家原有掛悞的到也不筭委曲了他平兒道何苦来操這心得放手時湏放手什広大不了的可樂得不施恩呢依我說在這屋里操一百分的心終久咱們是回那边回屋里去的没的到結些、小人之仇恨使人含怨況且自已又三災八難好容易怀了一个哥兒到了六七个月逐吊了焉知不是素日操劳太過氣惱傷自的如今趂早兒見一半不見一半兒的也到罷了一夕話說的鳳姐到笑了說道憑你小蹄子發放去罷我才精神爽了些〻没的淘神平兒笑道這不是正經說畢轉身出来一〻發放未知後来如何且听下回分解

石頭　同

石頭記第六十二回

憨湘雲醉眠芍藥裀　獃香菱情解石榴裙

話說那平兒出来吩咐林之孝家的道大事化為小事小事化為說沒事方是興旺之家若淂了一点子小事便揚鈴打鼓乱折騰起來不成道理如今将他母女帯回照舊去當差將秦顯家的仍舊退回再不必提起只是每日小心巡查要緊說畢起身走了柳家的母女忙向上磕頭林之孝家的便將柳家的帶回園中回了

李紈探春二人皆說知道了能可無事狠好司棋等一干人空興頭了一陣那秦顯家的好容易得了這个空子攢了來只興頭了半天在厨房内正乱接收傢伙米粮煤炭等物又查出許多虧空來說粳米短了两石常用米又多支了一个月的炭也欠着額数一面又打点送林之孝家的礼悄悄的備了一簍炭五百斤木柴一石粳米在外边就遣人送入林家去了又打点送賬房的礼又預備几樣菜蔬請几位同事的

人說我来了全伏列位扶持自今以後都是一家人了我有照顧不到的好歹大家照應些正乱自急有人来說與他看過早飯就出去罷柳嫂子原無事还交與他曾了秦顯家的听了就如轟去魂魄垂頭喪氣掩旂息鼓捲包而出送人之物白丢了許多自己到要折变了賠補虧空連司棋都氣了个到仰無計可施只得罷了趙姨娘正因彩雲私贈了許多東西被玉釧兒吵出生恐查出来每日捏一把汗听信兒忽見

彩雲來告訴說宝玉應了從此無事趙姨娘方把心
放下来誰知賈环听如此說便疑了心了將彩雲凡私
贈之物都拿了出来照着彩雲的臉摔了来說這兩
面三刀的東西我不稀罕你罕你不和宝玉好他如
何替你應你既然告訴他如今我再要這个也没趣
彩雲見他如此急得賭身發誓至于哭了百般解說
說賈环執意不信說你素日之情去告訴二嫂子就
說你偷給我々不告要你細想去說畢摔手出去了

急得趙姨娘罵道無造化的種子粗心業障氣的彩雲哭的泪干腸断趙姨娘百般的安慰他好孩子他辜負了你的心我看的真讓我收起来过兩日他自然回轉過来了説着便要收東西彩雲賭氣一頓包起来乘人不在便至園中都撇在河内順水沉的沉漂的漂了自己氣的在彼暗哭當下又值宝玉生日已到原来宝琴也是這日二人相同因王夫人不在家也不像往年熱鬧只有張道士送了四樣禮換的

寄名符兒还有几處僧尼送了供尖兒並壽星紙馬疏頭并本命星官值年太歲周年換的鎖家中常走的男女先來上壽王子騰那边仍是一套衣服一双鞋襪一百壽桃一百束上面銀絲掛麵薛姨媽處減一等其餘家中人尤氏仍是一双鞋襪鳳姐兒是一个宮製的四面和合荷包里面裝一个金壽星一件波斯國頭玩器各廟中差人去放賞捨錢又另有宝琴之禮不能細述姊妹中皆隨便有一扇的有一字

的或有一畫的或有一詩的聊復應景而已這日宝
玉清辰起来梳洗已畢冠帶出来至前廳院中已有
李貴等四五人在那里設下天地的香燭宝玉燒了香
行礼畢奠茶焚紙後便至寧府中宗祠祖先堂兩處
行畢礼出至月台上遥拜賈母賈政王夫人等順到
尤氏上房行過礼坐了一會方回榮府先至薛姨媽
處薛姨媽再三拉着然後作了一揖又遇見薛蝌讓了一回方進
園来晴雯麝月二人跟隨小了頭夾着氈子從李氏

起一〻挨着所長的房中到遍後出二門至李趙張
王四個奶媽家讓了一回方進来雖衆人要行礼也
不曾受回至房中襲人等只都来説一聲就是了王
夫人有言不令年輕人受礼恐折了福壽故皆不磕
頭歇一時賈环賈蘭等来了襲人連忙拉住坐了一
坐便去了宝玉笑道走乏了歪在床上吃了半盞茶只
听外面唧〻呱〻一羣了頭笑了進来原来是萃墨
小螺翠縷入畫邢岫烟的了頭篆兒并奶子抱着巧

姐兒彩鸞綉鸞八九个人都抱着紅毡子笑着走来

說拜壽的擠破了門了快拿麵来我們吃剛進来時

探春湘雲宝琴岫烟惜春也都来了宝玉忙忙迎出

来笑說不敢起動快預備好茶進入房中不免推讓

一回大家歸坐襲人等捧過茶来才吃了一口平兒

也打扮的花枝招展的来了宝玉忙迎出来笑說我

方才到鳳姐姐門上回了進去不能見我又打發人進

去讓姐〻的平兒笑道我正打發你姐〻梳頭不得

出来回你後来听見又讓我〻那里當得起所以特
趕来磕頭宝玉笑道我也當不起襲人早在外間安
了坐平兒便福下去宝玉作揖不迭平兒便跪下宝
玉也忙還跪襲人連忙攙〻起来平兒又拜下了一福宝玉
又還了一揖襲人笑推宝玉道你再作揖宝玉道已
経完了怎庅又作揖襲人笑道這是他来給你拜壽
今兒也是他的生日你也該給他拜壽宝玉听了喜
的忙作揖説原来今兒也是姐〻的芳誕平兒還福

不迭湘雲拉宝琴岫烟說你們四个人對拜壽直拜
一天才是探春忙問原来岫烟妹〻也是今兒我怎
広就忘了忙命了頭去告訴二奶〻趕肴補了一分
礼来與琴姑娘的一樣送到二姑娘房里去了頭答
應去了岫烟見湘雲直口說出来少不得要到各房
去讓一讓探春笑道到有此〻意思一年十二月〻月
有几个生日人多了便這樣巧也有三个一日的兩
个一日的大年初一也不白過就是老太〻和宝姐

姐他們娘兒兩个遇得巧三月初一是太〻的初九
是璉二哥〻二月沒人襲人道二月十二是林姑娘
怎麽沒人就只不是咱們家的人探春笑道我這个
記性是怎麽了宝玉笑指襲人道他和林妹〻是一
日所以他記得探春笑道原来你兩个是一日每年
每連頭也不給我們磕一个平兒的生日我們也不
知道這也是才知道平兒笑道我們是那牌兒名上
的人生日也沒拜壽的福又沒受礼的職分可鬧什麽

可不悄〻的過去今兒他又偏吵出来了等姑娘回房我再行礼去罷探春笑道不敢驚動只是今兒到要替你過个生日我心裡才過得去宝玉湘雲等一齊說狠是探春便吩咐丫頭去告訴他二奶〻說我們大家說了今兒一日不放平兒出去我們也大家湊分子過生日呢丫頭笑着去了半日回来說二奶〻說了多謝姑娘給他臉不知過生日給他些什広吃好歹別忘了二奶〻就不来絮聒他了衆人都笑了探

春因說道可巧今兒里頭廚房不預備飯一應下麵
弄菜都是外頭收拾偺們就湊了錢叫柳家的來攬
了去只在偺們里頭收什到好衆人都說是好極探
春一面遣人去問李紈宝釵黛玉一面遣人去傳柳
家的進來吩咐他内廚中快收什兩桌酒席柳家的
不知何意因說外廚房内已都預備了探春笑道你
原来不知道今兒是平姑娘的華誕外頭預備的是
上頭的這如今我們可又湊了錢單為平姑娘預備

两桌請他只曾揀新鮮的菓蔬預備了来開了賬我那里領錢去柳家的笑道原来今兒也是平姑娘的千秋我竟不知道說着便向平兒磕下頭去忙的平兒拉起他来柳家的忙去預備酒席這里探春又邀了宝玉同到廳上吃麵到李紈宝釵處去請一齊来全又遣人去請薛姨媽代玉因天氣和暖代玉之疾漸愈故也来了花團錦簇擠了一廳的人誰知薛蝌又送了巾扇香帛四色礼與宝玉宝玉于是過去陪

他吃麵両家皆治了壽酒互相送彼此同領至午間
宝玉又陪薛蝌吃了兩盃酒宝釵帶了宝琴過来與
薛蝌行礼把盞畢宝釵因囑薛蝌家里的酒也不用
送過那边去這虛套竟可收了你只請伙計們吃罷
我和宝兄弟進去要待人去呢也不能陪你了薛蝌
忙說姐〻兄弟只管請只怕伙計們也就好来了宝玉
忙又告過罪方同他姐妹回来一進角門宝釵便命
將門鎖上把鑰匙要過来自己拿着宝玉忙說這一道

門何必用關又没多人走况且姨娘姐〻妹〻都在
里頭倘或家去取什庅東西豈不費事宝釵道小心
無過話活你瞧你們那边這几日七事八事竟没有
我們這边的人可知是門關的有功効了若是開首
保不住那起人圖順脚趨抄路從這里走攔誰是不如
鎖了連媽和我也禁省些大家别走縱有了事就賴
不着這边的人了宝玉笑道原来姐〻也知道我們
那边近日丢了東西宝釵笑道你只知道玫瑰露和

茯苓霜兩件乃因人而及物若非因人你連這兩件
还不知道呢除（殊）不知道还有几件比這兩件大（的）呢若
已（以）後叨登不出来是大家的造化若叨登出来不知
里頭連累多少人呢（你）也是不管事的我才告訴你平
兒是个明白人我前兒也告訴了他皆因他奶〻不
在外頭所以使他明白了若叨登不出来大家樂得
丢開手若犯出事来他心里已有稿了自有頭緒冤
屈不着平人你（了）只听我說已後留神小心就是了這

話也不可对第二个人講說肖来到沁芳亭边只見
襲人香菱侍書素雲晴雯麝月芳官蕊官藕官等十
来个人在那里看魚作耍見他們来了都說芍藥欄
中預備了快去上席罷宝釵等隨携了他們同到了
芍藥欄中紅香圃三間小廠廳内連尤氏也請過来
了諸人都在那里只没平兒原来平兒出来有頼林
諸人送了礼来連三接四上中下三等家人来拜壽
送礼的不少平兒忙肖打發賞錢道謝一面又色〻

回明鳳姐兒不過留下几樣也有不收下即刻賞與
人的忙了一回又直待鳳姐兒吃過麵才換衣裳往
園里来剛進了園就有几个小丫环来找他一同到
了紅香圃只見筵開玳瑁褥設芙蓉衆人都笑說壽
星全了上面四座定要讓他四人坐四人皆不肯薛
姨媽說我老天拔地又不合你們的羣兒我到覺拘
的慌不如我到廳上隨便躺躺去到好我又吃不下
什麼東西去又不大吃酒這里讓他們到便宜些些兒

尤氏等執意不從寶釵道這也罷了到是讓媽在
廳上歪着自在些〻有愛吃的送些過去到自在了且
前頭沒人在那里又可照看了探春等笑道既這樣
恭敬不如從命因(于是)大家送到議事廳上眼看着命小
了頭子們鋪了錦褥并靠背引枕之物又囑咐好生
給姨太〻搥(腰)要茶要水的別悮了回来送了東西姨
太〻吃不了就賞你(們)吃只別離了這里小了頭們都
答應了應了探春等方回来終久讓寶琴岫烟二人

在上平兒面西坐宝玉面東坐探春又接了夗央来二人並肩對面相陪西边一桌宝釵代玉湘雲迎春惜春依席一面又拉了香菱玉釧兒打橫三桌上尤氏李紈又拉了襲人彩雲陪坐四桌上便是紫鵑鶯兒晴雯小螺司棋等人圍坐探春等还要把盞宝琴等四人都說這一鬧一日都坐不成了方才罷了兩个女先要彈詞上壽都說我們沒人要听那些野話廳上說給姨太〻解悶兒去罷一面又將各色吃食

揀了命人送與薛姨媽去宝玉便說雅坐無趣須要
行令才好衆人中有的說行這丫令好那丫又說那丫
令好黛玉道依我說拿過筆硯来將各色令名都寫
了拈成鬮兒咱們抓出那丫来就是那丫衆人都道妙
即命拿了一付筆硯花箋香菱近日學了詩又天〻
學寫字見了筆硯便圖不得連忙起座說我寫大家
想了一會共得了十来丫念着香菱一〻的寫了搓
成鬮兒擲在一丫瓶中探春便命平兒揀平兒向内

攪了一攪用箸拈出一个来打開看上寫着射覆二字宝釵笑道把个酒令的祖宗拈出来了射覆從古有的如今失了傳這是後人纂的比一切的令都難這里頭到有一半是不會的不如毀了另拈一个雅俗共賞的探春笑道既拈了出来如今又毀如今再拈一个若是雅俗的便叫他們行去咱們行這个說着又叫襲人拈了一个却是拇战湘雲笑道這个簡断爽利合了我的脾氣我不行這个射覆没得垂頭丧

氣悶人我只划譁拳去了探春道惟有他乱令宝姐々
快罸他一鍾宝釵不容分説便灌了湘雲一鍾探春
道我也吃一盃我是令官也不用我宣只听我分派
命取了令骰令盆来從琴姑娘擲起挨下擲去對了
点的二人射覆宝琴一擲是个三岫烟宝玉皆擲的
不對直到香菱方擲了个三宝琴笑道只好室内生
春説到外頭太没了頭緒了探春道自然三次不中
者罸一杯你覆我射宝琴想了一想説了个老字香

菱原~~生平~~不會這一令一時想不到滿室滿席都不見有
亇老字相連的成語湘雲先听了便也乱看忽見門
斗上貼着紅香圃三亇字便知宝琴射的是吾不如
老圃的圃字見香菱射不着衆人擊鼓又催便悄悄
的拉香菱叫他說藥字代玉偏听見了說快罰他又
在那里私相傳遞呢鬨的衆人都知道了忙又罰了
一杯恨的湘雲拿快子敲代玉的手于是罰了香菱
一杯下則宝釵和探春對了点子探春便射了一亇

人字宝釵笑道這个人字泛的狠探春笑道添一个字兩射一覆也不泛了説着便又説了个窗字宝釵一想因見席上有鷄便覆着他是鷄窗鷄人二典因覆了个塒字探春知他覆着用鷄栖于塒的典二人一笑各飲一口門杯湘雲等不得早行令和宝玉三五乱叫劃起拳来那边尤氏和妃央隔着席也七八乱叫劃起来平兒襲人也作了一對劃拳只听叮叮噹噹腕上的鐲子响一時湘雲贏了宝玉襲人贏了平兒

二人限酒底酒面湘雲便説酒面要一句古文一句古詩一句骨牌名一句曲牌名还要一句時憲書上有的話共揔湊成一句話酒底要関人事的菓子菜名衆人听了都笑説惟有他的令比别人嘮叨到也有此、意思便催宝玉快説宝玉笑道誰説過這个也等想一想兒黛玉便道你多喝一鍾我替你説宝玉真个唱了酒听代玉説道

落霞與孤鶩齊飛古文　風急江天過雁哀古詩

却是一隻折足雁骨牌名叫的人九廻腸曲牌名

這是鴻雁来賓時憲書

說的大家都笑了說這一串子到有些意思林黛玉

又拈了一个榛穰說酒底道

榛子非関隔院砧　何来萬户擣衣聲

令完夗央襲人等皆說的是一句俗語都帶一个壽

字的不能多贅大家輪流乱講了一陣這上面湘雲又

和宝玉對了手李紈合曲烟對了点子李紈便射了

一个甌字岫烟便覆了一个緑字二人會意各飲了
一口湘雲的拳却輸了請酒面酒底宝琴笑道請
君入甕大家笑起来説這个典用的當湘雲便道
奔騰泙湃古文　江間波浪兼天湧古詩
須要鉄鎖纜孤舟骨牌名　既遇着一江風曲牌名
不宜出行時憲書
説的衆人都笑了説好个謅断了腸子的怪道他出
這令故意惹人笑又听他説酒底湘雲吃了酒揀了

一塊鴨子肉咬一口急見碗内有半个鴨子頭遂揀了出来吃腦子衆人催他别只顧吃你到底快說了湘雲便用筯子舉着說道

這鴨頭不是那了頭　頭上那討桂花油

衆人越發笑起来引得晴雯翠螺鶯兒一干人等都走過来說雲姑娘會開心兒拿着我們取笑兒快罰一杯才罷怎見得我們就該擦桂花油的到得每人給一瓶子桂花油擦擦代玉笑道他到有心給你一

瓶油又怕掛悮着打窃盗的官司衆人不理論宝玉

却明白怕低了頭彩雲有心病不覺的紅了臉宝釵

忙暗暗的瞧了代玉一眼代玉自悔失言原是打趣宝玉

的就忘了打趣着彩雲自悔不及忙一頓諢拳岔開了

底下宝玉可巧和宝釵對了点子宝釵便耍了一

个宝字宝玉便想了一想便知是宝釵作戲指着自

已所佩通靈玉而言便笑道姐姐拏我作雅謔我恰

射着了說出来姐姐不要惱就是姐姐的諱釵字就

是了衆人道怎庅解宝玉道他說宝底下自然是玉了我射釵字舊詩曾有敲斷玉釵紅燭冷豈不射着了湘雲道這用的事却使不淂兩个人都該罰了香菱忙道不止時事這也有出處湘雲道宝玉二字並無出處不過是春聯上或有之詩書記載並無算不淂香菱道前日我讀岑嘉州五言律現有一句說此鄉多宝玉怎庅你就忘了後来又讀李義山七言絕句又有一句宝釵無日不生塵我还笑說他兩个

名字却原来在唐詩上呢眾人笑說這可問住了快
罰一杯湘雲無語只得飲了大家又該對点劃(譁)拳的
劃(譁)拳這些人因賈母王夫人不在家沒了管束便任
意所樂呼三喝四喊七叫八滿廳中紅飛翠舞玉動
朱顛十分熱鬧玩了一會大家方起席散了忽然不
見了湘雲只當他外頭自便就来誰知越等越沒了
影响(響)使人各處去找他接着林之孝家的同着几个
老婆子来生恐有正事呼喚二則這些了頭們俱年

輕來王夫人不在家不服探春等約束恣意頑耍失
了体統故來請問有事無事探春見他們來了便知
其意忙笑道你們又不放心來查我們來了我們並
無有多吃酒不過是大家頑笑將酒作个引子媽ゝ
你別躭心李紈尤氏都也笑道說你們也歇着去罷
我們也不敢叫他們多吃了林之孝家的等人笑說
我知道連老太ゝ叫姑娘們吃酒姑娘們還不肯吃
何況太ゝ們不在家自然頑罷了我們怕有事來打

听打听二則天長了姑娘們頑了一會子还該点補些小食兒素日又不大吃雜東西如今吃一杯酒若不吃東西怕受傷探春笑道媽々們說的是我們也正要吃呢因回頭命取点心来兩傍了頭們們答應了忙去傳点心探春又笑說你們歇着去罷或是姨太々那边說話兒去我們既即刻打發人送酒給你們吃去林之孝家的笑回道不敢領了站了一會方退了出来平兒摸着臉笑道我的臉都没意思了探春

笑道不相干横豎咱們不認真喝酒就罷了正說着
只見一个小丫頭子笑嘻々的走来說姑娘們快瞧
雲姑娘去吃醉了圖凉快在山石後頭一塊青石上
睡着了衆人听說都笑道快別吵嚷說着都走来看時
果見湘雲卧于山石僻處一个石凳子上業經香梦
沉酣四面芍藥花飛了一身滿頭臉衣襟上皆是紅
香散乱手中的扇子在地下也半被落花埋了一群蜂
蝶鬧嚷々的圍着他又用鮫帕包了一包芍藥花瓣

枕肖衆人看了又是愛又是笑忙上来推喚攙扶湘
雲口内犹作醉語説酒令唧〻嘟〻説道
泉香而酒洌 古文 玉碗盛来琥珀光 古詩
直飲得梅稍月上 骨牌名 醉扶歸 曲牌名
却為宜會親友
衆人笑推他説道快醒〻兒吃飯去這潮橙上还睡
出病来呢湘雲慢起秋波見了衆人又低頭看了一
看自已方知是醉了原是納来凉避静的不覺的因多

罰了兩盃姣弱不勝便睡着了心中反覺自愧連忙起身隨着衆人来至紅香圃中用过水又吃了兩盞釅茶探春忙命將醒酒石拏来給他啣在口内一時又命他喝了些些酸湯方才覺得好了些些當下又選了几樣菓菜與鳳姐送去鳳姐兒也送了几樣来宝釵等吃過点心大家也坐的也有立的也有在外觀花的也有扶欄觀魚的各自取便説笑不一探春便合宝琴下棋宝釵岫烟觀局林代玉和宝玉在簇花下

唧〻嚷〻不知說什麼只見林之孝家的和一羣女
人帶了一个媳婦進來那媳婦愁眉苦眼也不敢進
廳只到了堦下便朝上跪下了磞頭有聲探春因一
塊棋受了敵算來算去總得了兩个眼便折了官着
兩眼瞅着棋盤一支手伸在盒內只管抓弄棋子作
想林之孝家的站了半天因回頭要茶時才看見問
什麼事林之孝家的便指那媳婦說這是四姑娘屋
里小了頭彩兒的娘現是園內伺候的人嘴狠不好

是我听了視問肯他〻說的也不敢回姑娘竟要攆出
去才是探春道怎庅不回大奶〻林之孝家的道方才大
奶〻都往廳上姨太〻處去了頭頂頭看見我已回
明白了吽回姑娘們来探春道怎庅不回二奶〻平
兒道不回去也罷我回去說一聲就是了探春点〻
頭既這庅肯就攆他去等太〻回来了再回定奪說
畢仍又下棋這里林之孝家的帶了那人出去不提黛
玉和宝玉二人站在花下遥〻知意黛玉便說道你

家三了頭到是个乘人雖然叫他管些〻事到也一步
兒也不肯多走差不多人就早作起威福来了宝玉道
你不知道呢你病着時他幹了好几件事這園子他
也分了人管了如今多掐一草也不能了又蠲了几
件事單拿我和鳳姐〻做筏子禁別人最是心里有算
計的人豈止乘人而已代玉道要這樣才好咱們家里
也太花費了我雖不管事心里每常思想替你們算
一算出的多進的少如今若不省儉必至後来不接

宝玉笑道凴他們怎庅後来不接也短不了咱們兩个人的代玉听了轉身就走往廳上尋宝琴説笑去了宝玉正欲走時只見襲人走来手内捧着一个小連環洋漆茶盤里面可式放着兩鍾新茶因問他往那里去了我見你兩个半日没吃茶巴巴的倒了兩鍾茶来他又走了宝玉道那不是他你給他送去説着自拏了一鍾襲人便送了那一鍾去偏和宝釵在一處只得一鍾茶便説道那位渴了那位先接了我

再倒去宝釵笑道我却不渴只要一口漱一漱就勾了説自先拏起来喝了一口剩了半鍾遞與代玉手内襲人笑道我再倒去代玉笑道你知道我這病太太不許多吃茶這半鍾儘勾了難為你想的到説畢飲干將杯放下襲人又来接宝玉的宝玉因問這半日不見芳官他在那里呢襲人回頭一瞧説才在這里几个人鬥草的這會子不見了宝玉听説便忙回至房中果見芳官面向里睡在床上宝玉推他説道

快不要睡覺咱們外頭去一會子好吃飯芳官道你
們吃酒不理我叫我悶了半日可不来睡覺作什庅
事呢宝玉拉了他起来笑道們咱們晚上家里回来
再吃我叫襲人姐〻帶了你桌上吃飯如何芳官道
藕官蕊官都不上去单我在那里也不好我也不慣
吃那麵條子早起也没好生吃才剛餓了我已竟告
訴了柳嫂子先給我做一碗湯盛半碗粳米飯送来
我這里吃了就完事若是晚上吃酒不許叫人管着

我々儘力吃勾了罷我先在家里吃二三斤好惠泉酒呢如今學了這劳什子他們説怕壞嗓子這几年也没聞見乗今兒我是要開齋了宝玉道這个容易説着果見柳家的遣人送了一个盒子来小燕揭開裡面是一碗蝦鶏皮湯又是一碗酒釀清蒸鴨子一碗醃的胭脂鵝脯还有一碟四个奶油松穰捲酥并一大碗熱騰々碧熒々蒸的緑畦香稻粳米飯小燕放在桌上走去拏了小菜并碗筯過来撥了一碗飯

芳官便說油膩膩的誰吃他這些東西只將湯泡飯吃了一碗揀了一塊醃鵝就不吃了宝玉聞着到比往常之味又勝些：似的遂吃了一个捲酥又命小燕也撥了半碗飯泡湯一吃十分香甜可口小燕和芳官都取笑了一回吃畢便將剩的要交回宝玉道你吃了罷若不勾在要些：来小燕道不用要這就勾了方才麝月姐：拏了兩盤子点心給我們吃了我再吃了這个儘不用再吃了說着便站在桌旁一頓吃

了又留下兩个攙酥說這留下給我媽吃晚上要是吃酒給我兩碗酒吃就是了宝玉笑道你也愛吃酒等着咱們晚上痛唱一陣你襲人姐〻和晴雯姐〻量也好也要唱只是每日不好意思趁今兒大家開齋还有一件事想着囑咐了我竟忘了此刻才想起来已後芳官全要你照看他〻或有不到的去處你担待他襲人照顧不過這些人来小燕道我都知道都不用你操心但只這五兒怎庅樣宝玉道你和柳家

的說明日直叫他進来罷等我告訴他們一聲就完了芳官听了笑道這到是正經小燕又叫两个小丫頭進来伏侍先倒了茶自已收了傢伙交與婆子也洗了手便去找柳家的不在話下宝玉便出来仍往紅香圃尋衆姐〻妹〻芳官在後拏着巾扇剛出了院門只見襲人晴雯二人攜手出来宝玉問道你們作什庅襲人道擺下飯了等你吃飯呢宝玉便笑着將方才吃的飯一節告訴了他两个襲人笑道我說你

是猫兒食聞見了香就好隔鍋飯兒香雖然如此也該上去陪他們多少應个景兒晴雯用手指戳芳官額上說道你就是个狐媚子什麼空兒去吃飯兩个人怎麼就約下了也不告訴我們一聲兒襲人笑道不過是悮打悮撞的遇見了說約下可是没有的事晴雯道既這麼着要我們無用明兒我們都走了讓芳官一个人就勾使了襲人笑道我們都去了使得你却去不得晴雯道惟有我是第一个要去的又懶又笨

的性子又不好又没用襲人道倘或那雀金裘褂子
角兒燒了你若去了誰可會補呢你到别和我拏三
撇四的我煩你作个什庅把你懶的橫針不拈竪線
不動一般也不是我的私活煩你橫竪都是他的你
就都不肯作怎庅我去了几天你病的七死八活一
夜連命也不顧給他作了出来這又是什庅緣故你
到底説話别只佯憨我和我笑也當不了什庅大家
說着来至廳上薛姨媽也来了大家依序坐下吃飯

宝玉只用茶泡了半碗飯應景而已一時吃畢大家吃茶閑話隨便頑笑外面小螺和香菱芳官蕊官藕官荳官等四五个人都滿園中頑了一回大家採了些花草來兜着坐在花草堆中鬭草這一个說我有觀音柳那一个說我有羅漢松那一个說我还有君子竹這一个說我还有美人蕉這一个說我有猩猩翠那一个說我有月月紅這个又說我有牡丹亭畔的牡丹葉那个又說我有琵琶記里的琵琶菓荳官便

説我有姐妹花衆人没了香菱便説我有夫妻蕙荳官説従来没听見説有个夫妻蕙香菱道一箭一花為蘭一箭数花為蕙凡蕙有上下結花者為兄弟蕙有並頭結花者為夫妻蕙我這枝並頭的怎庅不是荳官没的説了便起身笑道依你説若是這兩枝一大一小就是父子蕙了若是兩枝背面開的就是仇人蕙了你漢子去了大半年你想夫妻了便拉上蕙也夫妻好不害羞香菱听了紅了臉忙要起身拧他

笑罵道我把你這爛了嘴的小蹄子滿口里漢敲的胡說了豈官見他要過來怎容他起來便忙連身將他一壓回頭笑道向央告蕊官等你們來幫〻我擰他這謅嘴兩ケ人滚在草地下衆人拍手笑說了不得了那是一窪子水可惜污了他的新裙子了豈官回頭看了一看果見旁边有一注積雨把香菱的半扇裙子都污濕了自已不好意思忙奪了手跑了衆人笑ケ不住怕香菱拿他們出氣也都閧笑一散

香菱起身低頭一瞧那裙上猶滴滴點點流下緑水来正恨罵不絶可巧宝玉見他們鬪草也尋些花草来湊戲忽見衆人跑了只剩下香菱一个低頭弄裙子因問怎麽散了香菱便說我有一枝夫妻蕙他們不知道反說我謅因此鬧起来把我的新裙子也臟了宝玉笑道你有夫妻蕙我這里到有一枝並蒂蓮口内說手内却真个拈(自)一枝並蒂蓮花又拈了那枝夫妻蕙在手内香菱道什麽夫妻不夫妻並蒂不並

帶你瞧〻這裙子寶玉方低頭一瞧便噯呀一聲怎
麽就拖在泥裡了可惜這石榴紅綾最不禁染香菱
道這是前兒琴姑娘帶了來的姑娘作了一條我做
了一條今兒纔上身寶玉跌脚嘆道若你們家一日
遭榻（遢）這一（麽）百條也不值什麽只是頭一件既是琴姑
娘帶來你和寶姐〻的是上好的作料怎麽你先到
髒了豈不辜負他的心二則姨媽老人家嘴碎饒這
麽樣我還聽見常說你們不知過日子只會遭遢東

西不知惜福呢這叫姨媽看見了這頓說又不輕香菱聽了這話都碰在心坎上反到喜歡起來因笑道就是這話了我雖有九條新裙子都不合這一樣若有一樣的趕着換了也好過後再說宝玉道你快休動只站着方好不然連小衣兒膝褲鞋兒都要拖臟我有个主意襲人上次有作了一條和這个一樣的因有孝如今也不穿竟送了你換下這个來如何香菱笑着搖頭說不好倘或他們听見倒不好了宝玉道這怕什

庅等他孝满了他愛什庅難道不許你送他别的不
成你若這樣不是你素日為人了况且不是瞞人的
事只管告訴宝姐〻也不妨只不過怕姨媽老人家
生氣罷了香菱想了一想有理便点頭咲道就是這
樣罷了别辜負了你的心我等着你千萬叫他親自
送來纔好宝玉听了喜歡非常荅應了忙〻的回家
來一壁低頭心下暗算可惜這庅一ケ人没父母連
自己本姓都忘了被人拐出來偏又賣與了這ケ霸

王因又想起上日平兒也是意外想不到的今日更更意外之意外的事了一壁胡思乱想來至房中拉了襲人細告訴了他原故香菱之為人無人不憐愛的襲人又本是个手中撒漫的况與香菱素相交好一聞此言忙就開箱取了出來隨了宝玉來尋着香菱他还跕在那里等着呢襲人道我說你太淘氣了到的淘出故事來纔罷香菱紅了臉笑道多謝姐〻子誰知是那起促狎狹鬼兒使黑心說着接了裙子展

開一看果然合自己的一樣又命宝玉背過臉去自己
巳叉手向內解下來將這條繫上襲人道把這條藏的
裙交與我拏去收拾好了再給你送來你若此刻拿
回來去看見了也是要問的香菱道好姐姐你拏不
拘給那个妹妹罷我有了這个不要他襲人道你到
大方的好香菱忙又道萬福道謝襲人拿了臟裙便
走香菱見宝玉蹲在地下將方才的夫妻蕙並蒂蓮
用樹枝兒挖了一个坑兒抓些落花來鋪墊了將這

蓮蕙安好又將此、落花來掩了方撮土掩埋平服香菱
拉他手笑道這又叫作什庅怪道人々說你慣會鬼
々祟々使人肉麻的事你瞧々你這手弄的泥烏苔
滑的还不快洗去宝玉笑着方起身要回房洗手去
香菱也自走開二人已走遠了數步香菱復轉身回
來叫住宝玉宝玉又不知有何話扎首兩之泥手笑
嘻々的轉來問什庅香菱只顧笑因那边的小了頭
臻兒走來說道二姑娘等你說話呢香菱方向宝玉

道裙子的事可不要和你哥〻說才好說畢即轉身走了宝玉笑道可不我瘋了往虎口裡探頭去呢說着既往院內洗手去了不知如何且聽下冊分解

石頭記卷六十三回

壽怡紅羣芳開夜宴　死金丹獨艷理親喪

話說宝玉回至房中洗手因與襲人商議晚間吃酒大家取樂不可拘泥如今吃什広好早說給他们辦去襲人笑道你放心我和晴雯麝月秋紋四个人每人五錢銀子共是二兩芳官碧痕小燕四兒每人三錢銀子共是三兩二錢銀子早已交給刘嫂子預備四

十碟菓子我和平兒早已說了抬了一罈好紹興酒藏在那边了我们八个人单替你过生日宝玉听了喜的忙說他們是那里的錢不該叫他們出才是晴雯道他們没錢难道我們是有錢的这原是各人的心那怕他偷的呢只管領他們的情就是了宝玉听說的是襲人笑道你一天不挨他兩句硬話喫你再过不去晴雯笑道你如今也學壞了專会駕橋撥火兒說着大家都笑了宝玉說關院門罢襲人笑道怪

不淂人說你是無事忙這会子関了門人到疑惑索
性再等一等宝玉点頭曰說我出去走走四兒舀水去
小燕一个跟我来罢說着走至外边曰見無人便問
五兒之事小燕道我才告訴了柳嫂子了他到喜欢
的狠只是五兒那夜受了委曲煩惱回家去又氣病
了那里来得只等好了罢宝玉听了不免後悔長嘆
曰又问這事襲人知道不知道小燕道我没告訴不
知芳官說了不曾宝玉道我却没告訴他也罢等我

告訴他就是了說畢復走進来故意洗手已是掌灯时分听得院門前有一羣人進来大家隔窓看時只見林之孝家的和几个管事的女人走来了这一出去咱們好関門了只見怡紅院凡上夜的人都迊了出去林之孝家的看了不少遂吩咐別要吃酒放倒頭睡到大天亮我听見是不依的眾人听說：那里有胆子大的人林之孝家的又問宝二爺睡了没有眾人都回不知

道襲人忙推宝玉〻〻靸了鞋便迎出来㕥道我还没睡呢媽〻歇〻又叫襲人倒茶来林之孝家的忙進来㕥說还没睡呢如今天長夜短了該早些睡明兒起的早不然到了明日遲了人㕥話說不是讀書公子像那起挑脚漢了說畢又㕥宝玉忙㕥道媽〻說的是我每日都睡的早媽〻進来我都不知道的已經睡了今兒因吃了麪怕停住食所以多頑一会林之孝家的又向襲人等㕥說該弄些潽兒茶吃襲

人晴雯二人忙笑說弄了一壺女兒茶已經吃过兩
碗了大娘也嘗一碗都是現成的說着晴雯便倒了
一碗来林之孝家的又笑道这些时我听見二爺嘴
裡都換了字眼趕着这几位大姑娘們竟呼起名字
来虽然在这屋里到底是老太太的人还該嘴里
尊重些才是若一时半刻偶然吽一声使得若只管
順口吽起来怕以後兄弟侄兒照樣便惹人笑話說
这家子人家眼里沒有長輩宝玉笑道媽媽說的是

我原不过一时半刻的襲人晴雯都笑説这可别委
屈了他直到如今他還姐ゝ説不离了口不过頑的时
候吽一声名字若当自人都是和先一樣林之孝家
的笑道这才好呢这是才讀書知礼的越自已謙越
尊重别説是三五代的陳人現从老太ゝ太ゝ屋里
撥过来的便是老太ゝ屋里的猫兒狗兒輕易也打
不的这才是受过調教的公子行事呢説畢吃了茶便
説請安歇罢我們走了宝玉还説再歇ゝ那林之孝

家的已帯了串人又察別処去了這里晴雯等忙命関了門進来笑說這位姑奶奶那里吃了一杯来了劳劳叨叨的又排塲了我們一頓去了麝月笑道他也不是好意的少不得也要常提着些兒也隄防着怕走了大摺兒的意思說着一面擺上酒菓襲人道不用高桌偺們把那張花梨圓炕桌子放在炕上坐又寬綽又便宜說着大家果然抬来麝月和四兒那边去端菓子用兩个大茶盤做四五次搬運了来兩个

个老婆子蹲在外向大盆上篩酒宝玉道天热咱們都脱了大衣裳才好众人笑道你要脱你我們还要輪流安席呢宝玉笑道这一安就安到五更了知道我最怕这些俗套子在外人跟前不得已的这会子还慪我就不好了众人听了都說依你于是先不上座且忙着卸粧寛衣一时将正粧卸去頭上只隨便挽着鬢兒身上皆去裙短襖宝玉只穿着大紅綿紗小襖下面緑綾弾墨夾褲散着褲脚倚着一个各

色玫瑰芍藥花瓣装的玉色夹紗新枕頭和芳官兩
个先譁拳当时芳官滿口嚷热只穿着一件玉色紅
青駝絨三色綾子鬪的水仙小夹袄束着一条柳絲
汗巾底下是水紅撒花夹褲也散着褲腿頭上齊額
編着三圈小辮歸至頂心結一根鵞卵粗細的總辮
抱在脑後右耳眼内只塞着米粒大小的一个小玉
塞子在耳上单代一个白菓大小的硬紅廂金大墜
子越顯得面如滿月犹白眼如秋水还清引的衆人

笑說他両个到像一对双生的弟兄両个龔人等一
一的斟了酒[illegible]說且等再劃譁拳虽不安席每人在手
里吃我們一口罢了于是龔人為先端在唇上吃了
一口餘者依次下去一〻吃过大家方圓作定小燕四
兔司炕焰坐不下便端了両張椅子近炕放下那四
十个碟子皆是一色白粉定窑的不过只有小菜碟
大里面不过是山南海北中原外国或干或鮮或水
陸天下所有的酒饌菓菜宝玉曰說咱們也該行个

会總好襲人道斯文些的總好別大呼小叫惹人听見二則我們不識字可不要那些文的麝月笑道拿骰子咱們搶紅罢宝玉道没趣不好偺們点花名兒好晴雯笑道正是早已想弄这个頑意兒襲人道这个依我說咱们竟悄悄的把林姑娘宝姑娘請了来頑一回子到二更天再睡不遲襲人道又開门喝户的鬧倘或遇見巡夜的问呢宝玉道怕什庅咱們三姑娘也吃酒再請他一声總好还有琴姑娘衆人都道琴

姑娘罢了他在大奶〻屋里叨登大發了宝玉道悄悄的怕什么你們就快請去小燕合四兒都淂不了一聲春見二人忙命開了門分頭去請晴雯麝月襲人又說他兩人去請只怕宝林兩个不肯来須淂我們請去死活拉他来于是襲人晴雯忙又命老婆子打个灯籠二人去了果然宝釵說夜深了代玉說身上不好他二人再三央求說好歹給我們一点体面畧坐一坐再来探春听了却也欢喜因想不請李紈倘或

被他知道了到不好便命翠墨同了小燕也再三的
請好了李紈和宝琴二人会齊先後都到了怡紅院
中襲人又死活拉了香菱来炕上又併了一張桌子
方坐又拿个靠背墊肖些襲人等都端了椅子在炕
沿下陪代玉都离桌遠的靠肖靠背向宝釵李紈探
春道你們日：說人夜聚飲睹令免我們自己也如
此以後怎広說人李紈笑道這又何妨一年之中不
过生日節间如此並無夜：如此这到也不怕說自

晴雯拏了一个竹雕的籖筒来里面装着象牙花名籖子摇了一摇放在当中又拏过骰子来盛在盒内摇了一摇揭開一看里面是五点数到宝钗便笑道我先抓不知抓出个什么来说着将筒摇了一摇伸手掣出一根大家一看只見籖上画着一支牡丹题着艷冠羣芳四个字下面又有刻着小字一句唐詩道是

任是無情也動人

又註着在席共賀一杯此為群芳之冠隨意命人不

拘詩詞雅謔道一則以侑酒衆人看了都笑說巧的狠你也原配牡丹花說自大家共賀一杯宝釵吃过便說芳官唱一支我們听罢芳官道既这樣大家吃一杯好听于是大家吃酒便唱壽筵開処風光好衆人都道快打回去这会子狠不用你来上壽揀你極好的唱来芳官只淂細細的唱了一支賣花时翠凤毛翎箒又閑踏天門掃花才罢宝玉却只管拿着那籤口内顛来倒去念任是無情也動人听了这曲子眼

看芳官不語湘雲怔一手奪了擲與宝釵〻〻又擲了个十六点数到探春头道我还不知道淂什庅呢伸手掣了一根出来自已一瞧便擲在地下紅了臉笑道这東西不好不該行这令原是外頭男人們行的令許多混話在上頭衆人不解襲人等怔拾了起来衆人看那上面是一枝紅杏紅字寫着瑶池仙品四字詩云

日边紅杏倚雲栽

註云得此籤者必得貴婿大家恭賀一杯共同飲一杯衆人笑道我說是什庅呢這籤原是閨閣中取戲的除了這兩三根有這話的並無別樣這又何妨我們家已有了个王妃难道你也是王妃不成大喜大喜說着大家來敬探春那里肯飲却被湘雲香菱李紈等三四个強死強活灌了几口下去探春只命蠲了這个令再行別的衆人再不肯依湘雲拿着他的手強擲了几点出來便該李紈掣李紈搖掣了一根出來

一看笑道好極你們瞧〻这劳什子竟有些意思衆
人瞧那籤上寫画有一枝老梅寫有霜曉寒㳟四字
那一面是詩云

竹籬茅舍自甘心

註云自飲一杯下家擲骰李紈笑道真有趣你們擲
去罢我自吃一杯不问你們的與与衰說有便吃酒
將骰过与黛玉〻〻一擲是个十八点数便到該湘雲掣
了一根出来大家看时一面画有一枝海棠題有香

夢沉酣四字那面上是詩道是
只恐夜深花睡去
黛玉笑道夜深兩个字改石凉兩个字眾人便知道
他打趣白日间湘雲醉卧的事都笑了湘雲笑指那自
行船与黛玉看又說快坐上那船家去罢别多說了
眾人都笑了因看註云香夢沉酣掣此籤者不便飲
酒只令上下二家各飲一盃湘雲拍手笑道阿弥陀
佛真〻好籤恰好代玉上家宝玉是下家二人斟了

両杯只得要飲宝玉先飲了半杯瞅人不見遞与芳
官端起来便一揚脖代玉只管和人說話將酒全折
在漱盂内了湘雲便綽骰子来一擲个九点数去麝
月掣便掣了一根出来大家看时反面是一支荼蘼
花題着韶華勝極四字那边寫着一句旧詩道
開到荼蘼花事了
註云在席者各飲三杯探春麝月问怎庅講宝玉愁
眉忙將籤藏了說偺們且喝酒說着大家吃了三杯

之数麝月一擲〻个十点該到香菱香菱便掣了一根出

来是並蒂花題着聯春曉瑞那面寫着一句詩道是

連理枝頭花正開

註云共賀掣者三盃大家陪飲一盃香菱便又擲了

个六点該代玉掣代玉默〻想道不知还有什庅好

的被我掣着也好一面伸手取了一根只見上面画

着一枝芙容題着風露清愁四字那面一句詩道是

莫怨東風当自嗟

註云自飲一盃牡丹陪飲一盃衆人笑説這个好極

除了他別人不配作芙蓉也自笑了于是飲了酒便

擲了个二十点該自襲人●他伸手取了一支出来

却是一枝桃花題着武陵別景四字那一面詩寫道

是

桃紅又是一年春

註云杏花陪一盃坐中同庚者陪一盃同辰者陪一

盃同姓者陪一盃衆人笑道這一面热鬧有趣大家

算来香菱晴雯宝釵三人皆与他同庚代玉与他同辰只無同姓者芳官忙道我也姓花我也陪他一杯于是大家斟了酒代玉因向探春笑道你也是命中該有招貴婿的你是杏花快喝了我們好喝探春笑道这是什庅大嫂子順手給他一下子李紈笑道人家不得貴婿反挨打我也不忍的說着眾人都笑了襲人總要擲只听有人叫门老婆子忙出去向时原来是薛姨媽打發人来多接代玉寄文不接宝釵而接

黛玉众人回問几更了人回二更已後了鐘打过十
一下了宝玉犹不信要过表来瞧了一瞧已是亥初
二刻十分了代玉便起身道我可掌不住了回去还要
吃藥呢众人說也都該散了襲人宝玉等还要留自
众人李紈宝玉釵等都說夜太深了不像这已是破格
了襲人道既如此每人再吃一杯再走說着晴雯等
已都斟满了酒每人吃了都命点灯籠襲人等直送
过沁芳亭河那边去回来关了門大家復又行起令

来襲人等又用大鍾斟了几鍾用盤子攢了各樣菓
菜与地下老媽〻們吃彼此有了三杯酒了便猜拳
贏唱小曲兒那天已四更时分老媽〻們一面明吃
一面暗偷酒已罄了衆人听了納罕方收拾盥漱睡
覺芳官吃的兩腮胭脂一般眉稍眼角越添了許多
丰韻身子圖不得便睡倒在襲人身上說好姐〻心跳
的很襲人笑道誰教你儘力灌起来小燕四兒也圖
不得早睡了晴雯还只曾叫宝玉道不用吃了俗們

且胡乱歇〻罢自已便枕了那紅香枕身子一歪便也睡着了襲人見芳官醉的狠（狠）恐他鬧唾（吐了）酒只淂輕〻起来就扶在宝玉之側由他睡了自已却在对面榻上倒下大家黑甜一覺不知所之及至天明襲人睁眼一看只見天色已明可遲了回向对面床上睄一睄只見芳官頭枕着炕沿犹未醒連忙起来叫他宝玉一翻身醒了笑道（着）回因推芳官起身那芳官坐起来犹發怔揉眼睛襲人笑道不害羞你吃醉了怎

庅也不揀地方兒乱淌下了芳官听了一睄方
知是和宝玉同榻忙笑的下地来說我怎庅吃的不
知道了宝玉笑道我竟也不知道了若知道給你臉
上抹些黑墨說着了頭進来伺候梳洗宝王笑道昨
兒有饒今兒晚上我还席襲人笑道罢〻今兒可別
鬧了再鬧就有人說話了宝玉道怕什庅不过才兩
次罢了偺們也算是會吃酒罢了一罈子酒怎庅就
吃完了正是有趣偏又没了襲人笑道原要這樣才

有趣必至興盡了反無滋味了昨兒都好上来了晴雯連燥也忘了我記得他还唱了一个曲兒四兒笑道姐〻忘了連姐〻还唱了一个呢在席的誰没唱过衆人听了都紅了臉用兩手握着笑个不住忽見平兒笑嘻〻的走来説我親自来请昨兒在席的人今兒我还東短一个也使不得的衆人忙讓坐吃茶晴雯笑道可惜昨夜没他平兒忙问你們夜里作什麽来襲人便説告訴不得你昨兒夜里非常的热鬧

連往日老太〻太〻帶着争人須也不及昨兒這一
晚一罎酒我們都鼓搗擣光了一个〻的吃的把燥都
丟了三不知的都唱起来四更多天纔橫三豎竪四的
打了一个耽兒平兒笑道好狗才和我要了酒来也
不請我还說着給我听氣我晴雯道今兒他还席必
来請你的等着罷平兒笑问道他是誰〻是他晴雯
听了趕着笑打說打偏你這耳躲朵尖听得真平兒笑
道这会子有事不和你說我幹事去了一回再打發

人来請一个不到我是打上門来的宝玉等忙留他已經去了这里宝玉梳洗了正吃茶忽然一眼看見硯台底下壓着一张紙因說道你們这隨便混壓東西也不好襲人晴雯等忙问又怎麽了誰又有了不是了宝玉指道硯台下是什麽一定又是那位的様子忘記了收的晴雯忙從硯台下拿了出来却是一張字帖兒遞与宝玉看时原来是一張粉紅箋子上面冩着檻外人妙玉恭肅遥叩芳辰宝玉看畢直跳了起

来忙向這是誰接来的也不告訴襲人晴雯見了這般不知道是那个要緊的人来的帖子忙一齊向昨兒誰接下了一个帖子四兒忙飛跑到来說昨兒妙玉並無親来只打發个媽媽来送我就擱在那里誰知一頓吃酒就忘了衆人听了道我当是誰的這樣大驚小怪這也不值的宝玉忙命快拿紙来研了墨又看他下首檻外人三字自已竟不知回帖上回个什庅字様才好只曾提筆出神半天仍没主意因又想若向

宝釵去他必又批評怪誕不如問代玉去想罷袖了
帖兒遛（逕）来尋代玉剛过了沁芳亭忽見岫烟顫巍
巍的四个（註）俗字寫出一个活跳美人轉覔別出中若
干蓮步香塵纖腰玉体字樣無味之甚迎面走来宝
玉忙問姐〻那里去岫烟笑道我找妙玉說話宝玉
听了吒意（咤異）道他為人孤高（不）合时宜万人不入他目原
来他推重姐〻竟知姐〻不是我們一流的俗人岫
烟笑道他必（未）真心重我但我合他作过十年的鄰居

只一墻之隔他在蟠香寺修煉我家原窮素日賃房住就賃的是他庙里的房子住了十年無事到他庙里去作伴我所認的字都是承他所授我和他又是貧賤之交又有半師之分曰我們投親去了聞淂他曰不合时宜权勢不容竟投到这里来了如今又天緣湊合我們淂遇旧情竟去拜謁承他青目更勝當日宝玉听了恍如听了焦雷一般喜的笑道怪道姐〻舉止言談超然如野隺闲雲原来有本而来正曰他的事

我為难要請教别人去如今遇見姐〻真是天緣巧合求姐〻指教說着便將拜帖取出与岫烟看岫烟笑道他這脾氣竟不能改竟是生成這樣放誕詭僻了従来没見拜帖上下别号的這可是俗語說的僧不僧俗不俗女不女男不男的成个什庅道里宝玉听說忙笑道姐〻不知道他原不在這些人中算他原是世人意外之人因取我是个些微有知識的方給我這帖子我因不知回什庅字樣才好竟没了主

意正要去問林妹〻可巧遇見了姐〻岫烟听了宝玉這話且只顧上下細〻打諒了半日方笑道怪道俗語說的聞名不如見面又怪不淂妙玉竟下這帖子給你又怪不淂上年竟給你那些梅花既連他這樣少不淂我告訴你原故他常說古人中自漢晋五代唐宋以来皆無好詩只有兩句好說道縱有千年鉄門檻終湏一个土饅頭所以他自称檻外之人又常讚這文是莊子的好故或又称是畸人若他帖

子上自称畸人的你就还他个世人畸人者他自称
檻外之人是自為畸零之人你便用世人稱謙自己乃世中擾々
之人他便喜了如今他自稱檻外之人是自為跌於
鉄檻之外了故你如今只下檻內人便合了他的心
了宝玉听了如醍醐灌耳嗳哟了一声方笑道怪道
我們家庙說是鉄檻寺呢原来有这一說姐々就請
讓我去寫回帖岫烟听了便自往櫳翠庵来宝玉方
回房寫了帖子上面只寫檻内人宝玉薰沐謹拜幾

字親自拿了到攏翠庵只隔門縫兒接進去了因飯
後平兒还席說紅香圃太热便在榆陰堂中擺了几席
新酒嘉殽榆陰註中者餘蔭也茲既感灵今故怀親所
謂不失忠孝之大綱也可喜尤氏又帶了佩凤偕鸞
二妾过来遊玩这二妾亦是青年姣態女子不常过
来的今既入了这园再遇見湘雲香菱芳蓝一干女
子所謂方以類聚物以[illegible]只見他們說
笑不了也不管尤氏在那里只凭了丫鬟們去伏侍且

同衆人一一的遊玩闲言少述且說当下衆人榆陰
堂中以酒為名大家頑笑命女先兒擊鼓平兒採了
一枝芍藥大家約有二十来个傳花為令熱鬧了一
会因人回說甄家有兩个女人送東西来了探春和
尤氏李紈三人出去議事所相見這里衆人且出来
散一散佩凤偕鴛兩个去打鞦韆頑要天家千金不
合作此戲故寫不及探春等人也宝玉便說你兩个
上去讓我送慌的佩凤說罷了替我鬧乱了忽見東

府中几个人慌〻張〻跑来說老爺賓天了衆人听唬了一大跳都說道好〻的並無疾病怎麽就没了家人說老爺天〻修煉定是功行滿了昇仙去了尤氏一聞此言又見賈珍父子並賈璉等皆不在家一时竟没个着己的男子来未免慌了只得忙卸了粧飾命人先到元真觀將所有的道士鎖了起来等大爺来家審问一面忙〻坐車帶了賴昇一干老家人媳婦出城又請医看視到底係何病大夫们見人已死

何処胗脉素知賈敬導氣之術揔屬虛誕更至參星礼斗守庚申服灵砂等妄作虛為过于劳神费力反因此傷了性命如今虽死肚中堅硬似鉄面皮嘴唇烧的紫絳皺裂便向他媳婦回說係元教中吞金服砂烧脹而殁衆道士慌的回說原是老爺秘法新製的丹砂吃坏了事小道們也曾劝說功行未到且服不得不承望老爺於今夜守庚申时悄悄的服了下去便昇仙了這恐是虔心得道已出苦海脫去皮囊

自已去了尤氏也不听只命鎖着等賈珍来發放且
且命人去飛馬報信一面看視這里窄狹不能停放
横竪不能進城的忙裝裹好了用軟轎抬至鉄檻寺
来停放掐指算来至早也得半月的工夫賈珍方能
来到目今天氣炎热实不得相待遂自行主持命天
文生擇了日期入殮壽木已係早年備下寄在此廟
的甚是便宜三日後便開喪破孝一面且做起道場
来等賈珍栄府中凤姐兒出不来李紈又照顧他姐

妹宝玉不識事体只淂外頭之事暂托了几个家中
二等管事人賈𤨣賈珖賈珩賈瓔賈菖賈菱等各有
执事尤氏不能回家便将他継母接来在寕府看家
只淂将未出嫁的小女代来一並起居才放心原為
放心而来終是放心而去妙甚且說賈珍聞了此信
即忙告假並賈蓉是有職之人礼部見当今隆敦孝弟
不敢自專具本請旨原来天子極是仁孝过天的且
更隆重功臣之裔一見此本便詔問賈敬何職礼部

代奏係進士出身祖職已廕其子賈敬因年迈多疾
常養静于都城之外元真观今曰疾殁于寺中其子
珍其孫蓉現因国丧隨駕在此故請旨帰殓天子听
了忙下額外恩旨曰賈敬雖白衣無功於国念彼
祖父之忠追賜五品之職令其子孫扶柩由北下
之門進都入彼私第殯殓任其子孫尽丧礼畢扶柩
回籍外着光禄寺按上祭朝中由王公以下准其祭
弔欽此旨以下不但賈府中人謝恩連朝中所有

大臣皆嵩呼称頌不絶且說九代令賈璉等接賈母王夫人賈珍等、賈璉等于路上迎見忙滾鞍下馬請安賈珍便問作什庅賈璉回說嫂子恐哥、和侄兒來了老太、路上無人吽我們兩个来護送老太、的賈珍听了称讃不已又问家中如何料理賈璉等便將如何拿了道士如何挪至家庙怕家内無人接了親家母和兩个姨子在上房住自賈蓉当下也下了馬听見兩个姨娘来了便合賈珍一笑賈珍忙說了几聲要当加鞭便走店也不投連夜換馬飛跑一日到了都门奔入鉄檻寺那天已是四更天氣坐更的聞知忙喝起衆人来賈珍下了馬和賈蓉放聲大哭從大门外便跪爬進来至柩前稽顙泣血直哭到天亮喉嚨都啞了方住尤氏等都一一見过賈珍父子忙按礼換了凶服在棺前俯伏柰自要理事竟不能目不覩物耳不聞聲少不得減些悲戚指揮衆人囙將恩旨偹述与衆人听了一面先打發賈蓉家中来料理停灵之事賈蓉巴不得一声兒先騎馬飛跑至家中忙

命前所收棹椅下榻(槅)扇掛孝幔子门前起鼓手蓬子等事文忙進来看外祖母兩个姨娘原来尤老安人年高喜睡常歪自了他二姨娘三姨娘都和了頭們作活計見他来了都道煩惱賈蓉且嘻嘻的望自他二姨娘笑説二姨娘你又来了我父親正想你呢尤二姐紅了臉罵道蓉小子我过兩日不罵你几句你就过不得了越發連个体統都没了还虧你是大家子的公子哥兒每日念書孝礼的越發連那小家子

瓢坎的也跟不上說着順手拿起一个熨斗来當頭就打嚇的賈蓉抱着頭滚到怀里告饒尤二姐便上來撕嘴又說等姐々来家偺們告訴他賈蓉忙笑着跪在炕上求饒他兩个又笑了賈蓉又和他二姨娘搶砂仁吃尤二姐嚼了一嘴渣子吐了他一臉賈蓉用舌頭都舔着吃了衆了頭看不过都笑說热孝在身老娘才睡了覺他兩个虽小到底是姨娘家你太眼里沒有奶々了回来告訴爺你吃不了兜着走賈

荅撒下他姨娘便抱着了頭們親嘴我的心肝你說的是偺們饒他兩个了頭也推他恨的罵短命鬼兒你一般也有老婆了頭只我和們鬧知道的說是頑不知道的人再遇見臟心爛肺的多曾閑事嚼舌頭的人吵嚷的那府里誰不知道誰不背地里嚼舌頭說偺們這里混帳賈蓉笑道各門另戶誰曾誰的事都勾使的了從古至今連漢朝和唐朝人还說臟唐臭漢何況偺们這家人家誰家沒風流事別要討我

說出来連那边大老爺這庅利害璉叔还和那小姨娘不干净呢鳳姑娘那樣剛强瑞叔还想他的量兒那一件瞞了我賈蓉只管信口開河胡言乱道之间只見他老娘醒了請安向好又說难為老祖宗劳心又难為兩位姨娘受委曲我們爺兒們感戴不尽惟有等事完了我们合家大小登门磕頭去罷尤老安人点頭道我的兒到底是你們会說親戚們原是該的又向你父親好几时得了信趕到的賈蓉笑道才剛趕

到的先打發我瞧你老人家来了如今好歹求你老人家事完了再去說着又和他二姨擠眼那尤二姐便瞧瞧咬牙含笑罵狠会說乱語嚼舌頭的猴兒崽子留下我们給你爹做娘不成賈蓉又戲他老娘道放心罢我父親每日為两个姨娘焦心要尋两个有根基的又富貴又年輕又俏皮的两位爹聘嫁為这二位姨娘这几年捴没揀淂可巧前日路上才相准了一个尤老娘当真話連忙问是誰家尤二姐妹

丢了活計一頭哭一頭趕着打說罵別信這雷打的連了頭們都說天爺有眼仔細雷要緊又值人来回話事已完了請哥兒出去看了回爺的說話去那賈蓉方笑嘻、的去了未知如何下回分解

紅樓夢卷六十三回終

石頭記卷六十四回

幽淑女悲題五美吟　浪蕩子情遺九龍珮

題曰

深閨有奇女　絕世空珠翠　情癡苦淚多
未惜顏憔悴　哀哉千秋魂　薄命無二致
嗟彼桑間人　好醜非其類

此一回緊接賈敬灵柩進城原當鋪叙寧府喪儀之盛但上回秦氏病故鳳姐理喪已描寫殆盡若仍極力寫去不過加倍熱鬧而已故書中于迎灵送殯極

忙乱處却只閑〻数筆伐[帶]过忽揷入叙玉評詩璉尤

贈珮一段閑雅風流文字来正所謂急脉緩受也

話說賈蓉見家中諸事已妥連忙趕至寺中回明賈

珍于是連夜分派各項执事人役並預備一切應用

旛杆等物擇于初四卯時請灵樞[柩]進城一面使人知

会諸位親友是日其其丧[丧]儀炫耀賓客如雲自鉄檻

寺至寧府夹道而观者何啻万数也也有羨慕的也

有嗟嘆的又有一等半瓶醋的讀書人說是丧礼与

其奢易莫若儉戚的一路紛紛議論不一至未申時
分將靈柩停放正室之内供奠舉哀已畢親友漸次
散回只剩族中人分理迎賓送客等事近親只有邢
大舅等未去賈珍賈蓉此時為禮法所拘不免在靈
傍藉草枕苫恨若居喪人散後仍乘空尋他小姨廝
混寶玉亦每日在寧府穿孝至外人散方回内里鳳
姐身体未愈雖不能時常在此或遇開壇誦經親友
大祭之日亦挣挣过來相帮尤氏料理料理一日供畢

早飯因此时天氣尚長賈珍等連日劳倦不免在灵傍假寐宝玉見無客至遂欲回家看視代玉因先回至怡紅院中進入門来只見院中寂静悄無人聲有几个老婆子与小了頭們在廻廊下取便乘凉也有卧睡的也有坐着打盹的宝玉也不去驚動只見四兒看見連忙上前来打簾子将掀起时只見芳官自内代笑跑出几呼与宝玉撞个滿怀一見宝玉方含笑站住說道你怎庅来了你快与我攔住晴雯他要

打我呢一語未了只听得屋内咭嚕咕嚕的乱响不知何物撒了一地隨後晴雯趕來罵道我看你这小蹄子往那里去輸了不叫打宝玉又不在家我看誰来救你宝玉連忙攔住笑道你妹子小不知怎么得罪了你看我的分上饒他罢晴雯也不想宝玉此時回来乍一見不覺好笑遂笑說道芳官竟是狐狸精变的就是会拘神遣将的符咒也没有这樣快又笑道就是你真請了神来我也不怕遂奪手仍要捉拏芳官

芳官早已藏在宝玉身後宝玉遂一手拖了晴雯一手携了芳官進入屋内看时只見西边炕上麝月秋紋碧痕紫鵑等在那里抓子赢瓜子呢却是芳官輸与晴雯芳官不肯叫打跑了出去晴雯因趕芳官将怀内的子兒撒了一地宝玉欢喜道如此長天我不在家正恐你們寂寞叫吃了飯睡出覺睡出病来大家尋件事頑笑消遣甚好因不見襲人又問道你襲人姐姐呢晴雯道襲人么越發道學了独自一个在屋裡

避靜呢这好一会我們没進去不知他作什庅呢一些声氣也听不見你快瞧去罢或者此时叅悟了也未可定宝玉听説一面笑一面走至裡間只見襲人坐在近窓床下手中拿着一根灰色縧子正在那里打結子呢見宝玉進来連忙站起笑道晴雯这東西編派我什庅呢我因要趕着打完了这結子設(没)工夫和他瞎鬧因哄他道你們頑去罢趂着二爺不在家我要在这里静坐一坐養一養神他就編派了許多

混話什庅避靜了叅禪了的等一吧（等）我不撕他那嘴
宝玉笑着挨近襲人坐下瞧他所打的結子問道這
庅長天你也該歇息〻或和他們頑去要不瞧〻林
妹〻去也好怪熱的打這个那里使襲人道我見你
帶的扇套还是那年東府里蓉大奶〻的事情上做
的回那个青東西除族中或親友家夏日有喪事方
帶得着一年遇着帶一兩遭平常又不犯作如今那
府里有事這是要过去天〻代的所以我趕着另作

了一个等打完了結子給你換下回的來你雖然不
講究這个若老太々回來看見又該說我們懶了連
你穿帶之物都不經心了寶玉笑道這真難為你想
的到只是也不可過与趕熱着了到是大事說着早
已芳官托了一杯涼水內新湃的茶來因寶玉素習
秉賦柔脆雖暑月不敢用冰只以新汲井水將茶連
壺浸在盆內不時更換取其涼意而已寶玉就芳官
手內吃了半盞遂向襲人道我來時已吩咐了焙茗

若珍大哥那边有要緊人客来时令彼急来通禀若無甚要緊事我就不过去了說畢遂出了房門又回頭向碧痕等道如有事往林姑娘處来找我于是一經往瀟湘館来看代玉将走过沁芳橋只見雪鴈道（拿着两瓶菓子走）你們姑娘從来不大吃这些涼東西的拏这些（介）菓何用莫非是要請那位姑娘奶々去雪鴈笑道我告訴你可不許你对姑娘說去宝玉点頭應允雪雁便命那兩个婆子先将（介）菓送去交与紫鵑姐々他要

問我們（你）姑（說）娘（就）這兩日方覺来那兩个婆子荅應着去
了雪雁方說道我們姑娘這兩日方覓身上好些今
日飯後三姑娘来会着要瞧二奶〻去姑娘也沒去
又不知想起什麼来自己傷感了一回提筆寫了好
些不知是詩啊詞啊叫我去傳瓜菓去时又听得叫
紫鵑将屋内擺着的小琴卓上的陳設搬了下来将
棹子挪在外間当地又叫将那龍文鼎放在桌上等
瓜菓来时听用若說是請人呢不犯先忙着把个炉

摆把出来若説是点香呢姑娘素日屋里除摆新鮮花兒木瓜佛手之類又不喜薰香就是点香亦當点在常坐卧之處难道説是為老婆們把外間屋里薰臭了要拿香薰一薰不成究竟連我也不知何故説畢便連忙去了宝玉這里不由的低頭細想心内道據雪雁説来必有緣故若是同那一位姐妹們閑坐亦不必如此先設饌具或者是姑爺姑媽的忌辰但我記得每年到此日期老太太都吩咐另外整理飾

饌送去与妹〻私祭此时已过大約是因七月為瓜菓之節家〻都上秋季的坟林妹〻有感于心所以在私室奠祭取礼記春秋薦其时食之養也未可定但我此时走去見林妹〻傷感必極力劝解又怕他将煩惱欝結於心若竟不去又恐他过于傷感無人劝止兩件皆足以至疾莫若先到鳳姐〻處一看在彼稍坐即回如若見林妹〻傷感再設法開觧既不至使其过悲其裵(哀)痛稍伸亦不至抑(抑)欝致病想畢遂

出了園門一直到鳳姐處來正有許多執事婆娘們回畢事紛紛散出鳳兒正倚着門和平兒說話呢一見了寶玉笑道你回來了麼我才吩付了林之孝家的叫他使人告訴跟你的小厮若沒什麼事趁便請你回來歇息歇息再去彼處人多你那里禁得起那些氣味不想恰好你到來了寶玉笑道多謝姐姐記掛我也因今日沒事又見姐姐這几日不到那府里去不知身上可大愈否所以回來看視看視鳳姐道左右

可不是这様三日好兩日不好的老太〻不在家这些大娘們那一个是安分的每日不是打架就是办嘴連賭博偷盜之事已出来了兩三件了虽說有三姑娘相帮办理~~他又是~~他又是个未出閣的姑娘也有好叫他知道的有对他說不淂的事也只好强挓挣罢了總不淂心静一会别說想病好求其不添也就罢了宝玉道虽如此說姐〻还要保重身体少操些心才是說畢又說了些閑話别过鳳姐一直往園

中走来進了瀟湘館院門看时只見炉裊残烟萸餘
玉釀紫鵑正看着人往裡収卓子陳設呢宝玉便知已
竟祭完了走入屋内只見代玉面向裡歪着病体懨
懨有不勝之態紫鵑連忙說道宝二爺来了代玉方
慢〻的起来含笑讓坐宝玉道妹〻這兩日可大好
些了氣色到覺比先静些只是如何又傷心了代玉
道可是你沒的說了好〻的我多早晚又傷心了宝
玉道咲道妹〻臉上現有哭泣之狀如何还哄我呢

只是我想素日妹〻本来多病凡事尚該各自寬解
不可作無益之悲若作踐坏了身子将来使我說到
这里竟渇以下話有些难說連忙咽住只曰他虽說
与代玉自小一處長大情投意合願同生死却只是
心中領会從未曾當面說出况兼代玉性重每〻因
說話次間造次渇罪了代玉致彼哭泣今日原為的是
来劝解代玉不想又把話来說造次了接不下去心
中一急又怕代玉惱他又想一想自已的心寔在是

為好因而轉急為悲早已滾下淚来代玉起先原惱宝玉說話不論輕重如今見此光景心有所感本来素昔愛哭此时亦不免無言对泣却說紫鵑端了茶来打諒他二人不知又為何事角口因說道姑娘身上才好些宝二爺又来嘔来了到底是怎應[庅]儀[樣]宝玉一面拭泪笑道誰敢嘔妹妹一面搭訕着起閑步只見硯台底下微露一紙角不禁伸手拏起代玉忙要起身来奪已被宝玉揣在怀内咲央道好妹妹賞我

看罢代玉道不曾什么来了就混翻一语末了只見宝釵走来笑道宝兄弟要看什么宝玉因未見上面是何言詞又不知代玉心中如何未敢造次回答却望着代玉笑代玉一面讓坐一面笑道我曾見古史中有才色的女子終身遭際令人可喜可羡可悲可嘆者甚多今日飯後無事因欲擇出數人胡乱凑几首詩以寄感慨可巧探了頭来会我睄鳳姐〃去我日身上懶〃的没同他去適才将作了五首一时困

倦起来撂在那里不想二爺来了就瞧見了其實給他看到也没有什麽但只我嫌他不是寫了給人看去宝玉听了忙道我多早晚給人看了昨日那把扇子原是我愛那几首白海棠詩所以我自己用小楷寫了不过是為的是拿在手中看着便益我豈不知閨閣中詩詞字跡是輕易往外傳送不得的自從你說了我捴没拿出园子去宝釵道林妹々这慮的也是你既寫在扇子上偶然忘記了拏在書房去被相公們

看見了豈有不問是誰作的倘或傳揚出去反為不美自古道女子無才便是德總以貞靜為主女工次之其餘詩詞之類不过閨中遊戲原可以会可以不会偺們这樣的人家的姑娘到不要这些才華的名譽因又笑向代玉道拿出来給我看〻無妨只不叫宝兄弟拿出去就是了代玉笑道既如此說連你也不必看了又指着宝玉笑道他早已搶了去了宝玉听了方自怀内取出湊至宝釵身傍一同細看只見

寫道是

西施

一代傾城逐浪花，吴宫空自憶兒家。效顰莫笑東鄰女，頭白溪边尚浣紗。

虞姬

腸斷烏騅夜嘯風，虞兮幽恨对重瞳。黥彭甘受他年醢，飲劍何如楚帳中。

昭君

絕艷驚人出漢宮，紅顏薄命古今同。君王縱使輕顏色，予奪权何畀画工。

綠珠

瓦礫明珠一例抛，何曾石尉重姣嬈。都緣頑福

前生造更有同歸慰寂寥

紅拂

長揖雄談態自殊美人具眼識窮途屍居餘氣楊公幕豈得羈縻女丈夫

宝玉見了讚不絕口又說道這詩妹〻作了五首何不就命名曰五美吟于是不容分說便提筆寫在後面宝釵亦說道作請〔詩〕不論何題只要翻古人之意若要隨人腳蹤走去縱使字句精工已落第二義究竟算不得好詩即如前人所詠昭君之詩甚多有悲挽

昭君的有怨恨延寿的又有詠漢帝不能使画工圖貌美臣而画美人的紛〻不一後来王荊公復有意態由来画不成當日枉殺毛延寿永叔有耳目所見尚如此萬里安能制夷狄二詩俱能各出意見不襲前人今日林妹〻這五首詩亦可為命意新奇別開生面了仍欲往下説时只見有人回道璉二爺回来適才外間傳説往東府里去了好一会子想畢就回来的宝玉听了連忙起身迎至大門以内恰好賈璉

自外下馬進來于是寶玉先過看賈璉跪下口給賈母王夫人等請了安又給賈璉請了安二人攜手走了進來只見李紈鳳姐寶釵黛玉迎探惜等早在中堂等候一一相見已畢回明賈璉說道老太太明日一早到家一路身体甚好今日先打發了我來回家看視明日五鼓仍要出城迎接說畢衆人又問了些路途的光景因賈璉遠路歸來衆人別過讓他回房歇息一宿晚景不必細述至次日飯時前後果見賈

母王夫人等到来甲人接見已畢𠕀(略)坐一坐吃了一
杯茶便(散)了王夫人等过寧府中来只听見里面哭聲
振天却是賈赦賈政送賈母到家即过这边来了當
下賈母走(進)至灵前又有賈珍賈蓉跪着撲(迎)了出来赦
政一边一个攙定了賈母走至灵前又有賈珍賈蓉
跪着撲入賈母怀中痛哭賈母暮年人見此光景亦
摟了珍蓉等痛哭不已賈赦賈政在傍若(苦)劝方畧々
止住又轉至灵𠕀(右)見了尤氏婆媳不勉相持大哭一

場哭畢衆人方上前一一請安問好賈珍回賈母才回家来未得歇息坐在此間未免要傷心遂再三求賈母回家王夫人等亦再三的劝賈母不得已方回来了果然年邁的人禁不住風霜傷感至夜間便覺頭悶身酸鼻塞聲重連忙請了醫生来胗脉下藥足足的忙乱了半夜一日幸而發散的快未曾傳經至三更天些須發了点汗脉静身凉大家方放了心至次日仍服藥調理又过了数日乃賈敬送殯之期賈

母猶未大愈遂留宝玉在家侍奉鳳姐因未甚好亦不曾去其餘賈赦賈政王夫人邢夫人等率領家人僕婦都送至鐵檻寺至晚方回賈珍帶領尤氏婆媳並賈蓉仍在寺中守灵等过百日後方扶柩回籍家中仍托尤老娘並二姐三姐照管却說賈璉素日既聞尤氏姐妹之名恨無緣得見近因賈敬停灵在家每日与二姐三姐相認已熟不禁動了垂涎之意况知与賈珍賈蓉等素有聚麀之誚因而乘机百班撩撥

眉目傳情尤三姐却只有二姐也十分有意但只是眼目衆多無從下手賈璉又怕賈珍吃醋不敢輕動只好二人心領神会而已此时出殯已後賈珍家下人少除尤老娘帶領二姐三姐並几个粗使的丫环老婆子在正室居住外其餘婢妾都隨在寺中外面僕婦不过晚間巡更日間看守門户白日無事亦不進裡間去所以賈璉便欲趁此时下手遂托相伴賈珍為名亦在寺中住宿又时常假替賈珍料理家務

不时至寧府家中来勾搭二姐一日有小管家俞禄来回賈珍道前者所取棚杠孝布並請杠人青衣共使艮一千两除給銀五百兩外仍欠五百兩昨日兩處買賣人俱来取討奴才特来討爺示下賈珍道你向庫上去領就是了这又何必来回我俞禄道昨日已曾向庫上去領但只是老爺殯天以後各處支領甚多取剩有現还要預俻百日道場及寺中用度此時竟不能發給或者挪借何項吩咐了奴才好办買

珍笑道你还當是先呢有銀子放着不使你無論那里暫且借了給他去罢俞祿笑回道若説一二百奴才还可以巴結送四五百奴才一时那里办得来賈珍想了一想向賈蓉道你問你娘去昨日出殡以後有江南甄家送来折祭銀五百两未曾交到庫上去你先要来給他去罢賈蓉答應了連忙过这边来回了尤氏復轉来回他父親道昨日那些銀子已使了二百两下剩的三百两已送至家中交与老娘收了

賈珍道既如此你就帶了他去向汝老娘要了出来
交与他再也家中看着有事無事問你兩个姨娘好
下剩的愈禄先借了添上罢賈蓉与愈禄答應了
方欲退出只見賈璉走了進来俞禄忙上前請安賈
璉便問何事賈珍一一告訴了賈璉心中道趂此机
会正可至寧府尋二姐一面遂説道這有多大事何
必向人借去昨日我得了一項銀子还没使呢莫若
給他添上豈不省事賈珍道如此甚好你就吩咐了

蓉兒一並令他去取賈璉忙道这必得我親身去再
我这几日沒回家了还要給老太太老爺太太們請
請安再到阿哥那边查一查家了人还有無生事也給親
家太太請安賈珍笑道只是有劳動老二我心不安
賈璉也笑道自家兄弟这又何妨賈珍又吩咐賈蓉
道你跟了~~你跟了~~你叔叔去也到那边給老太太老
爺太太們請安說我合你娘都請安打听打听老太
太身上可大安了还服藥呢沒有賈蓉一一答應了

跟隨賈璉出来帯了几个小厮騎上馬一同進城在路叔侄閑話賈璉有心提到尤二姐因說道如何標緻如何作人好举止大方言語柔和無一處不令人心可敬可愛人都說你嬸子好拠我看来那里及你二姨一零賈蓉揣知其意便笑道叔〻既這樣愛他我給叔〻作媒說了作二房何如賈璉笑道敢是好呢只怕你嬸子不依再也怕你老娘不愿意况且我听見說你二姨已有了人家賈蓉道這都無妨我二

姨三姨都不是我老爺所生原是我老娘带了来的听见說我老娘在那一家时把我二姨許与皇庄張家指腹為婚後来張家遭了官司敗落了我老娘又自那家嫁了出来这如今一十数年兩家音信不通我老娘时常报怨要与他家退亲我父親亦要与二姨轉聘只等有了好人家不过人找了張家給他十數兩銀子寫上一張退婚字兒想張家穷極了的人見了有什麽不依的再他也知道偺們的人家也不怕不

依又是叔〻这樣人說了作二房我管保我老娘合我父親都愿意到只是嬸子那里却难賈璉听这心花都開了那里还有什么話說只是一味長嘆而已賈蓉又想了一想笑道叔〻若有胆量依我主意行去保管無妨不过多花上几个錢賈璉忙道有何主意快些說来我没有不依的賈蓉道叔〻回家一点聲色別露等我回明了我父親向我老娘說妥然後在咱府後方近左右買上一所房子及應用傢伙什物

再撥兩窩子家人过去服侍擇了日子人不知鬼不
竟娶了过去囑咐家下人不許走漏風聲嬸子在裡
面住着深宅大院那里就得知道了叔〻兩下里住
着过个一年半載即或鬧出来不过挨上老爺一頓
罵只說嬸子總不生育原是為子嗣起見所以私自
在外面作成此事就是嬸子見生米做成熟飯也只
得罢了再求一求老太〻沒有不完的事自古道慾
令智昏賈璉自催貪圖二姐美色听了賈蓉一片話

遂為計出万金（全字）將現今身上有服停妻再娶嚴父妒
妻種〻不安之處皆置之度外了却不知賈蓉亦非
好意素日亦因仝他兩个姨娘有情只因賈珍在內
不能暢意如今若是賈璉娶了少不得在外居住趂
賈璉不在時他亦好去晃混之意賈璉那里想念及
此遂向賈蓉致意道好侄兒你果然能勾說成了我
買兩个絕好的了頭謝你說着已至寧府門首賈蓉
說道叔〻進去向我老娘要出銀子來交給俞祿罢

我先給老太〻請安去賈璉含笑点頭道老太〻跟
前別提我和你一同来的賈蓉道知道又附耳向賈
璉道今日要遇見二姨可別性急了鬧出事往後到
难办了賈璉笑說少胡說你快去罢我在这里等你
于是賈蓉自去給賈母請安賈璉進入寧府早有家
人頭兒領家人等請安一路圍隨走至厛上賈璉一
一問了些話不过塞責而已便命家人散去独自往
裡面走来原来賈璉賈珍素日親密又是弟兄本来

無可避忌之人自来是不等通报的于是走至上房
早有廊下伺候的老婆子打起簾子讓賈璉進去賈
璉進入房中一看只見南边炕上只有尤二姐代着
几个丫頭作話却不見尤三姐与老娘賈璉忙上前
問好相見二姐亦含笑讓坐賈璉便靠東边板壁坐
了仍將上首讓与二姐寒温畢賈璉笑問道親家太
太同三妹〻那去了怎么不見二姐笑道有事才往
後面去了也就来的此时伺候的丫頭因倒茶去無

人在跟前賈璉便睨視二姐一笑二姐亦低頭含笑
不理賈璉又不敢造次動手動脚因見二姐手中拿
着一條拴着荷包的手巾擺弄便搭訕着往腰内摸
了一摸說道檳榔荷包也忘記帶了來了妹妹有檳榔
賞我一口吃二姐道檳榔到有只是我的檳榔從来
不給人吃賈璉便笑着欲近身来拿二姐怕人来看
之不雅便連忙一笑撂了過来賈璉接在手中都倒
了出来將揀了半塊吃剩下的撂在口中吃了將剩下

的都揣了起来将欲把荷包親身送过去只見两个了
环倒了茶来賈璉一面接了茶吃一面暗将自己代
的九龍珮觧了下来拴在手巾上趁了环回頭时扔
了过去二姐亦不去拿只粧看不見仍坐了吃茶只
听後面一陣簾子响却是尤老娘与三姐代着两个
小了頭自後面走来賈璉忙送目与二姐令其拾取
二姐亦只是不理賈璉不知二姐何意甚是着急只
得迎上来与尤老娘三姐相見一面又回頭看时只

見二姐笑着沒事人的一般再看一看手巾已不知
那里去了賈璉放了心于是大家歸坐後叙了些閑
話賈璉說道大嫂子說前日有一包艮子交給親家
太〻收起來了曰要还人大哥令我來去二來看〻
家內有事無事尤老娘听了連忙使二姐拿鑰匙去
取銀子这里賈璉又說我也要給親家太〻請〻安
瞧〻二位妹〻親家太〻臉面到好只是二位妹〻
在我們家里受委曲尤老娘笑道咱們都是至親骨

肉說那里的話在家里也是住着在这里也是住着不瞞二爺說我們家里自從先夫去世家計也十分艱难了全虧了这里姑爺帮住着如今姑爺家里有了这樣大事我們不能別的出力白看一看家有什么委曲了的呢正說着二姐已取了銀子来交与尤老娘尤老娘便遞与賈璉又命一个小丫頭叫了一个老婆子来當面吩咐了他道你把这个交与俞禄叫他拿过那边去等我老婆子荅應了出去只听得院内是

賈蓉的聲音說話須臾賈蓉進来給他老娘姨娘請
了安又問（向）賈璉笑道將才老爺还問叔〻呢說是有
什麽事情要使喚人到廟裏去我才回老爺說叔〻
就来老爺还吩咐我路上遇着叔〻叫快去呢賈璉
听了忙要起身又听賈蓉合他老娘說道那一次我
合老太太說的我父親要給二姨說的姨父就合我这
叔〻的面貌身量差不多兒老太〻說好不好說着
又悄〻的用手指着賈璉合他二姨努嘴兒二姐到

不好意思說什么只見三姐笑罵道坏透了的小猴兒崽子沒了你娘的話說了等我撕他那嘴一面說着便趕了过來賈蓉早笑着跑了出來賈璉也笑着辞了出去走至厛上又吩咐了家人們不可要錢吃酒等語又悄悄的央賈蓉回去急速合他父親說一面便代了俞祿过來將銀子添足交彼拿去一面去見他父親給賈母去請安不提却說賈蓉見俞祿跟賈璉去取銀子自己無事便仍回至里面和他兩个

姨娘嘲戲了一回方起身至晚到寺見了賈珍回道銀子已竟（經）給了俞祿了老太〻已大愈了如今不服藥了說畢又趁便將路上賈璉要娶尤二姐作二房之意說了又說如何在外署房子住不使鳳姐知道此时總不过是為子嗣（艱）难起見為的是二姨是見过的親上作（親）比別處不知道的人家說了來的好所以二叔再三央我对父親說只不說出是自已的主意賈珍想了想笑道其实到也罢了只不知你二姨

心中愿意不愿意明日你先去合你老娘商議呌你老娘問准了你二姨再作定奪于是又教了賈蓉一片話便走过来将此事告訴了尤氏〻〻却知此事不妥因而極力劝止無奈賈珍主意已定素日又是順從慣了的况且与二姐本非一母不便深管也只得凭他鬧去罢至次日一早果然賈蓉復進城来見他老娘将他父親之意説了又添上許多話賈璉如何作人好目今鳳姐身上有病已是不能好的了暫且

買了房子在外住首过个一年半載只等鳳姐已死便接了二姨進去作正室又説你父親此时如何聘賈璉那边如何娶如何接了你老人家養老往後三姨也是那边應了替聘説淂天花乱墜不由淂尤老娘不肯況且素日全亏賈珍週濟此时又是賈珍作主替聘一切粧奩不用自已置買賈璉又是輕年公子比張華勝强十倍遂連忙过来合二姐商議二姐又是水性的人在先已合姐夫不妥又时常怨恨夫

當时錯許張華使後来終身失所今見賈璉有情况
且是姐夫將他聘嫁有何不肯亦便点頭應允当下
回復了賈蓉〻〻回了父亲次日便請了賈璉到寺中
来賈珍當面告訴了他尤老娘應允之事賈璉自是
喜出望外又感謝賈珍賈蓉父子不尽于是三人商
議使人看房子打首飾給二姨給且姨置買粧奩及
新房中應用床帳等物不多几日早諸將事办妥已
于寧府街後二里遠近小花枝巷内買定一所房子

共二十餘間又買了几个小了頭賈珍又給了一房家人叫包二夫妻兩口以備二姐过去时服侍又使人将張華父子找来逼着与尤老娘寫了退婚书且說張華之祖原當皇庄後来死了至張華父親時仍充此役因与尤老娘前夫相好所以将張華与二姐指腹為婚後来不料遭了官司敗落家産弄得衣食不周那里还娶得媳婦尤老娘又自那家嫁了出来兩家有十數年音信不通今被賈府家人喚来逼他

与二姐退婚心中虽不愿意無奈惧怕賈珍等势力不敢不依只得寫了一張退婚文約七老娘与银十兩家~~買~~去斷不提這里賈璉見諸事已妥遂擇了初三日黃道吉日娶二姐過門未知如何下回分解正是

只為同枝貪色慾
致教連理起戈矛

紅樓夢卷六十四回終

石頭記第六十五回

賈二舍偷娶尤二姨

尤三姐思嫁柳三郎

話說賈璉賈珍賈蓉等三人商議事事安貼至初二日先將尤老娘和三姐送入新房尤老娘一看雖不似賈蓉口內之言到也十分齊備母女二人也稱了心鮑二夫妻見了如一盆火趕著尤老一口一聲喚老娘又或是老太太趕著三姐喚三姨或是姨娘至次日五更天一乘

素轎將二姐抬来各色香燭紙馬並鋪蓋以及酒飯早已備得十分妥當一时賈璉素服坐了小轎而来拜過天地焚了紙馬那尤老娘見了二姐身上頭上焕然一新不似在家模樣十分得意攙入洞房是夜賈璉同他顛鸞倒鳳百般恩愛不消細说那賈璉越看越愛越瞧越喜不知要怎生奉承這二姐仍命鮑二等人不許提三说二的直以奶〻稱之自己也稱奶〻竟將鳳姐一筆勾倒有时回家只说在東府有事羈絆鳳姐輩因知他合賈珍相

得自然是或有事商議也不疑心再家人雖多也不
管這些事便有那游手好閒專打聽小事的人也都去
奉承賈璉乘机討些便宜誰肯去露風于是賈璉深
感賈珍不盡賈璉一月出五兩銀子做天〻的供給若
不来时他母女三人一處吃飯若賈璉来了他夫妻二人
一處吃他母女便回房自吃賈璉又將自巳積年所有
的梯巳一併搬了与他二姐收着又將鳳姐素日之為人
行事枕邊衾内盡情告訴了他只等他一死便接二姐

進去二姐聽了自是歡喜當下十來个人到也過起日子來十分豐足眼見已是兩个月光景這日賈珍在鉄檻寺做佛事已完晚间回家时因与他姐妹久別竟要去探望〻〻先命小厮去打聽賈璉在与不在小厮回來說不在賈珍歡喜將左右一概先遣回家去只留兩個心腹小厮牽馬一時到了彼處一逕進入新房已時掌燈外面小厮將馬拴在圈內自往房去聽候賈珍進來屋內才点灯先看過尤氏母女然後二姐出見賈珍仍喚二姨

大家吃茶説了一回閒話賈珍因笑説我作的這樣保山如
何着錯過了打着灯籠還没處尋过日你姐姐還備了
礼來悄你们呢説話之間尤二姐已命人預備下酒饌閞
起门來都是一家人原無避回之礼那鮑二過來請安賈
珍便説你還是有良心的小子所以叫你來伏侍日後自
有大用你之處不可在外頭吃酒生事我自然賞你
倘或這裡短了什麽你璉二爺事多那里人雜你只
管來向我説我们兄弟不比别人鮑二答應着是小的知

道若小的不盡心除非不要這臉嘴了賈珍点頭說要你知道當下四人一處吃酒尤二姐知局便邀他母親說我怪怕的媽同我那邊走走来尤老娘也會意便真个同他出来只剩下小丫頭們賈珍合三姐挨肩擦臉百般輕薄起来小丫頭子們看不過也都躲了出去憑他兩个自在取樂不知作些什麽勾當跟的兩个小廝都在廚下和鮑二飲酒鮑二女人上灶忽見兩个丫頭也走了来嘲笑要吃酒鮑二因說姐兒們不

在上頭伏侍也偷懶来了一时叫起来没人又是淫他女人罵道糊塗渾喪噲子的忘八你撞喪你那黃湯罷撞喪醉了夾着你那膫子挺你的屍去叫不叫与你毬相干一應有我承當風雨擋墜洒不着你頭上来這鮑二原曰妻子發迹的日趂發虧他自己除賺錢吃酒之外一槪不管貫趧等也不肯責備他故他視妻如母百依百隨且吃勾了便去睡覺這里鮑二家的陪着這些丫環小厮吃酒討他們的好准備在

賈珍跟前說好兒四人正吃的高興忽听扣门之聲鮑二家的開门看时見是賈璉下馬問有事無事鮑二女人便悄〻告訴他說大爺在這里西院里呢賈璉聽了便回至卧房只見尤二姐与他母親都在房中見他来了二人面上便有些赸〻的賈璉反推不知只命快拿酒来咱们吃兩杯好睡覺我今日很乏了尤二姐忙上来陪笑接衣捧茶問長問短賈璉喜的心痒難受一时鮑二家的端上酒来二人對飲他丈母不吃自回

房中睡去了兩个小丫頭多了一个過来伏侍賈璉的
心腹小童拴馬去巳見有了一匹馬細瞧一瞧知是賈珍
的心下會意也来廚房只見喜兒壽兒兩个正在那里
坐著吃酒見他来了也都會意故笑道你會了来的
巧我們趕不上爺的馬恐怕犯夜往這裡来借宿一休
隆兒便笑道有的是炕只管睡我是二爺使我送月
錢的交給了奶奶了我也不回去了喜兒道我們吃多了
你来吃一鍾隆兒才坐下端起杯来忽聽馬棚內鬧

将起来原来二馬同槽不能相容互相踶起来隆兒
等慌的忙放下酒杯出来喝馬好容易喝住另拴好
方進来鮑二家的咲説你三人就在這裡雅茶也現成我
可去了説着帯门出去這里喜兒喝了幾杯已是楞子
眼兒了隆兒倒了门回頭見喜兒直挺挺的仰卧在炕上
二人便推他説好兄弟起来好生睡只估你一个人我们就
苦了那喜兒便説偺们今兒可要公公道道的貼一炉子燒
餅要有一个充正景人我痛把他媽肏隆兒壽兒見他

醉了也不便多説只得吹了灯将就卧下尤二姐听見馬
闹心下便不自安只管用言语混他那賈璉吃幾杯春興
発作便命收了酒菜掩门寛衣尤二姐穿著大红小袄散
挽烏雲滿面春色比白日更增了颜色賈璉摟他笑道
人人都説我们那夜叉婆齊整如今我看来只好給你拾
鞋也不要尤二姐道我雖標緻卻無品行看来到是不
標緻的好賈璉忙问這话如何説我卻不解尤二姐
滴泪説道你们拏我作愚人待什麽事我不知道我如

呵是智者呵但

今合你作了兩个月夫妻日子雖淺我也不知你是愚人我生是你的人死是你的鬼如今既作了夫妻我終身靠你焉敢瞞哄你一字我莫是有靠將來我妹子弟如何結果接我看來這个形景恐非長策要長久之計方可賈璉聽了咲道你且放心我不是那拈酸吃醋之輩前事我已盡知你也不必驚慌你因粗夫是作事的自然不好意思不如我去破了這到好說着走了便至西院中來只見窗內灯燭輝煌二人正吃酒作樂賈璉便推门進去咲說大爺在這裡兄弟來請安賈珍羞的無話只得起身讓坐

賈璉忙笑道何必又作如此景象咱们弟兄從前如何樣來大家（哥）為我操心我今日分身碎骨感激不盡大哥若多心我意何安從此以後還求大哥如昔方好不然兄弟能可絕後再不敢到此處來了說着便要跪下忙的賈珍忙的攙起說兄弟怎麽說我無不領命賈珍忙命人看酒來我和大哥吃兩杯又拉尤三姐說你過來陪小叔子一杯賈珍的說老二到底你哥〻必要吃干這鍾說着一揚脖尤三姐站在炕上指賈璉笑道你不用和我花馬吊嘴

的偺们請水下雜麵你吃我看見提着影戲人子上場
好歹別戳破這層紙兒你別油蒙了心打諒我们不知你
府上的事這會子花了幾个臭錢你们哥兒兩个拿着
我们姐兒兩權當粉頭来取樂兒你们就打錯了算盤
了我也知道你那老婆太難纏如今把我姐々拐了来作
二房偷的鑼兒敲不得我也要會々那鳳姐去看他是幾
个腦袋幾支手若大家好取合便罷倘若有一点叫人過
不去我有本事先將你兩个的牛黃狗寶掏了出来

再和那潑婦拼了這命也不算是尤三姑奶〻喝酒怕
什庅偺們就喝說着自已掉起壺来便斟了一盃自已
先喝了半杯摟過賈璉的脖子来就灌說我和你哥〻
已經吃過了偺們来親香〻〻唬的賈璉酒都醒了賈珍
也不承望尤三姐這等無耻老辣弟兄兩个本是風
月塲中耍慣不想今日反被這个閨女一夕話說
住了尤三姐又叫將姐〻請来說要樂偺們一處同樂俗语
說便宜不過當家他們是弟兄偺們是姐妹又不是外

人只管上来尤二姐反不好意思起来賈珍得便就
要一溜尤三姐那里肯放賈珍此時方後悔不承望他是
這種為人与賈璉反不好輕薄起来這尤三姐鬆鬆挽
着頭髮大紅襖子半掩半開露着葱綠抹胸一痕雪
脯底下綠褲紅鞋一對金蓮或翹或並無一点閨閫
之禮兩个墜子却似打鞦韆一般灯火之下越顯得
柳眉籠翠(霧)檀口点丹砂本是一雙秋水眼再吃了酒又
添了餳澁淫浪不獨將他二姐壓倒據珍璉評去所見

過的上下貴賤若干女子皆未有此綽約風流者二人已酥麻如醉不禁去招他一招他那淫態風流反將二人禁住那尤三姐放出手眼來畧試一試他弟兄兩个竟全無一點別識別見連口中一句响亮話都沒了不過是酒色二字而已自己高談闊論任意揮霍灑落了一陣拏他弟兄二人嘲笑取樂竟真是他嫖了男人並非男人淫了他一時他的酒足興盡也不容他弟兄多坐攆了出去自己關门睡去了自此以後或畧有丫環婆娘

不到之處便將賈珍賈璉賈蓉三個潑色痛罵他爺兒三個說誆騙了他孤女寡婦賈珍回去之後也不敢輕易再來有時尤三姐自己高了興命小廝來請方敢去一會子到了這里也只好隨他便誰知這尤三姐天生脾氣不堪仗着自己風流標緻偏要打扮的出色另式作出許多万人不及的淫情浪態來哄的男人們垂涎落魄欲近不能遠不捨迷離顛倒他以為樂他母姐二人也十分相勸他反說姐姐糊塗偺們金玉一般的人沾

這兩个現世寶玷污了去了算無能而且他家有一个
極利害的女人如今瞞着他不知偺們方安倘或一日他
知道了豈肯干休必有一傷大鬧不知誰生誰死趁如
今我不拏他們取樂作踐準折到那时白落了臭名
後悔不及因此一説他母女見不聽勸也只得罷了那尤三
姐天天挑揀吃穿打了銀的又要金的有了珠子又要
寶石吃了肥鵝又宰肥雞或不如心連桌一推衣裳不如
意不論綾緞新整便用剪刀剪碎撕一條罵一句究竟

賈珍等何曾遂心了一日反花了許多昧心錢賈璉來了只在二姐房內心中也悔上來無奈二姐到是個多情人以為賈璉是終身之主了凡事到還知疼着癢若論起溫柔和順諸事必商必議不敢恃才自專實較鳳姐高十倍若論標緻言談行事也勝五分如今改過但已經失了腳有一個淫字憑他有什麼好處也算不了偏這賈璉又說誰人無錯知過必改就好故不提已往之淫只取現今之善便如膠似漆似水如魚一心一計誓同生

死那裡還有鳳平二人在意了二姐在枕邊衾內也常勸
賈璉說你合珍大哥商議揀个相熟的人把三丫頭聘
了罷留著也不是常法子終久要生出事來怎麽處賈
璉道前日我也曾回過大爺他只是捨不得我說是
塊羊肉只是燙的慌玫瑰花兒可愛刺太扎手咱們未
必降的住正經揀个人聘了罷他只意意思思的就丟
開手了你叫我有何法二姐道你放心咱們明日先勸三了
頭肯了讓他自己鬧去鬧的無法少不得聘他賈璉

聽了說這話極是至次日二姐另備了酒賈璉也不出门至午
间特請他小妹過來与他母親上坐尤三姐便知其意酒
過三杯不用二姐開口先便滴泪泣道姐〻今日請我自有一
番大禮要說但妹子不是愚人也不用絮〻叨〻提那從前
醜事我已盡知說也無益既如今姐〻已得了好處安身
媽也得了安身之處我也要自尋歸結去方将但終身大
事一生至一死非同兒戲我如今改過安分只要揀不素日
可心如意之人方跟他去若憑你們揀擇雖是富比石崇才

過子建貌比潘安的我心裡進不去也白過了一世賈璉
咲道這也容易憑你說是誰一概綵礼都由我們置辦
母親也不用操心尤三姐泣道姐姐知道不用我說賈璉咲
道问二姐是誰一时也想不到大家想來賈璉料定是此
人無疑了便拍手笑道我知道了這人原不差好眼力
二姐笑问是誰家賈璉笑道别人他如何進的去一定是
寶玉二姐与尤老娘聽了亦以為然尤三姐便啐了一口道我們
姐妹十个也嫁你十个不成衆人聽了都诧意除了他還有

那个了正如此尤三姐哭道别只在眼前想姐姐只在五年
前想就是了正說着忽見賈璉的心腹小使興兒走
来請賈璉說老爺那邊緊等着呌爺呢小的荅應
往舅老爺那邊去了小的連忙来請賈璉又忙問昨日
家里沒人問興兒道小的回奶奶說在家廟裡同大爺商
議作百日的事只怕不能来家賈璉忙命拉馬隆兒跟
随去了畄下興兒荅應人来事務尤二姐拿了两碟
菜命人拏大杯斟了酒就命興兒在炕沿下蹲着

吃一長一短向他說話兒問他家里奶〻多大年纪怎庅利害老太〻年纪多大太〻年纪多大姑娘幾个各樣家常等語興兒笑嘻〻的在炕沿下一頭吃一頭將榮府之事備細告訴他母女又說我是二门上該班我们共是兩班一班四个共是八个這八個人有幾人是奶〻心腹有幾人是爺的心腹奶〻的心腹我们不敢惹他爺的心腹奶〻就敢惹提起我们奶〻來告訴不得奶〻心裡歹毒口裡尖快我们二爺也算是好的那裡見得他到跟他的平

姑娘為人狠好雖然和奶〻一氣他到背着奶〻常作些
好事小的們凡有了不是奶〻是不放過的只求〻他去就
完了如今和〔合〕家大小除了老太〻太〻兩个人沒有一个
人不恨他的只不過面子情兒怕他皆因他一時看的人
都不及他只一味哄着老太〻太〻兩个人喜歡他說一
是一他說二是二沒人敢攔他又恨不得把銀子錢省
下來堆成山好聽老太〻太〻說他好會過日子殊不知
苦了下人他討好兒估着有好事他就等不的別人去說

他先抓尖兒或有了不好的事或他自己錯了他便一縮頭推到別人身上來他還在傍邊撥火兒如今連他正經婆〻太〻都嫌了說他雀兒揀着旺處飛黑母雞一窩兒自家的事不管倒替人家去瞎張羅若不是老太〻在頭裡早叫過去了尤二姐笑道你背着他這等說他將來你又不知怎麽說我呢我又差他一層越發有的說了興兒忙跪下說道奶〻要這樣說小的不怕雷打但凡小的有造化起先娶奶〻時若得了

奶々的人小的们也挨些打罵也少提心吊胆的如今跟爺

的這幾个人誰不背前背後称揚奶々盛德怜下我们

商議着叫二爺要出来情愿来答應奶々尤二姐笑道

猴兒肏的還不起来呢説句頑話就那樣起来你们作

什麽来我還要找你奶々去呢興兒連忙摇手説奶々千

萬不要去我告訴奶々一辈子别見他才好嘴甜心苦兩

面三刀上頭一臉笑脚下使絆子明是一盆火暗是一把刀都

占全了只怕三姨的這張口還説不過他奶々這樣斯文

良善的人那里是他的對手尤氏咲道我只以理待他〻
敢怎樣興兒道不是小的吃了酒放肆胡說奶〻便有理讓
他〻看見奶〻比他標緻又比他得人心他怎肯干休善罷
人家是醋罐子他是醋罋凡丫頭二爺多看一眼他有
本事當著爺打個亂羊頭雖然平姑娘在屋裡
大約一年二年之間兩個有一次到一處他還要口裡掂十個
過子呢氣的平姑娘性子發了哭鬧一陣說又不是自
已尋來的你又浪著勸我〻原不依你反說我反了這會

子又這樣他一般的也罷了到央告平姑娘尤二姐笑道可是
扯謊這樣一个夜叉怎麼反怕屋裡的人呢興兒道這就
俗語說的天下逃不過一理字去了這平兒是他自幼的了
頭陪了過來一共四个嫁人的嫁人死的死了只剩只个心
腹他原為收了屋裡一則明他賢良名兒二則又拴了他心
好不外頭走邪路又還有一段因果我們家規矩凡爺們
大了未娶之先都先放兩個人伏侍的二爺原有二個誰知
他來沒半年都尋出不是來都打發出去了別人雖不

好説自己臉上過不去所以强逼着平姑娘作了屋裡
人那平姑娘又是正緊（經）人從來不把這件事放在心上
也不會挑妻窩夫的到一味忠心赤胆伏侍他所以纔容下
了尤二姐笑道原來如此但我聽見你們家還有位寡
婦奶〻和幾位姑娘他這樣利害這些人如何依得興兒
拍手笑道原來奶〻不知道我們家這位寡婦奶〻他的
渾名叫作大菩薩第一个善德人我們家的規矩又
大寡婦奶〻們不管事只宜清淨守寡妙在姑娘們又

多只把姑娘們交給他看書寫字學針線學道理這是
他的責任除此問事不知說事不曉只因這一向他病了
事多這大奶奶暫管幾日究竟也無可管不過是按
例而行不像他多事逞才我們大姑娘不用說但凡不
好也沒有這段大福了二姑娘的渾名是二木頭戳十
針也不知噯喲一聲三姑娘的渾名是玫瑰花尤氏姊
妹忙咲道何意興兒咲道玫瑰花又紅又香無人不
愛的是有刺戳手也是一位神道可惜不是太太養的

老鴰窩裡出鳳凰四姑娘小正緊是珍大爺親妹子因自
幼無母命太〻抱過養這庅大也是一位不管事的奶〻不知道
我们家的姑娘不算另外有兩位姑娘真是天上少有
地下無雙一个是我们姑太〻的女兒姓林小名吽什庅黛
玉面龐身段和三姨不錯什庅一肚子文章只是一身
多病這樣天還穿夾的出来風兒一吹就倒了我们
這起沒王法的嘴都悄〻的吽他多〻病西施還有一位
姨太〻的女兒姓薛吽什庅寶釵竟是雪堆出来的每

常出门上車或一时院子裡瞥見一面（眼）我们鬼使神差
見了他们兩個不敢出氣兒尤二姐咲着你們大家規矩
雖嚴你们小孩子進的去然遇見姐们（兒）原該遠〻的藏
開興見擺手着不是〻〻那正经大理遠〻藏開不必说
就是藏開了自已也不敢出氣兒生怕這氣大了吹
倒了姓林的氣暖了吹化了姓薛的说的满屋裡都
咲起来了不知端詳且聽下回

石頭記第六十六回

情小妹耻情歸地府
冷二郎一冷入空門

話説鮑二家的打了他一下子咲道原有些真的叫你又编了這混話越發沒了捆子你到不像跟二爺的人這些混話到像是寶玉那邊人了尤二姐𦂳又要問忽見尤三姐咲問道姨可是你们家那寶玉除了上學他作些什麽興兒咲道姨娘別問他說起來姨娘也未必信他長

了這庅大獨他沒有上過正經學堂我們家從祖宗直
到二爺誰不是寒窗十載偏他不喜讀書老太太的寶
貝一樣老爺先還管他如今也不管了成天瘋瘋顛顛說的
話人也不懂幹的事人也不知外頭人人看着好清俊
模樣兒心裡自然是聰敏的誰知是外清而內濁見了
人一句話也沒有所有的好處雖沒上過學難爲他竟
認得幾個字每日也不習文學武又怕見人只愛在
了頭們羣里鬧再者也沒剛柔有喜歡見了我們時沒

上沒下的乱頑一陣不喜歡各自走了他也不理人我們坐著卧著見了他也不理他也不責備因此沒人怕他只管隨便都過的去尤三姐笑道主子寬了你們又這樣嚴了又抱怨可知你們難纏尤二姐道我們看他到好原來這樣可惜了的一个好胎子尤三姐道姐姐信他們胡說偺們也不是見過一面兩面的行事言談吃喝原有些女兒氣那是天天只在裡頭慣了的若說糊塗那些兒糊塗姐姐記得穿孝時偺們同在一處那日正是和

尚们進来遶棺偺们都在那里站著他只在頭里攪
着人〻說他不知礼又沒眼色細想過後他沒悄〻的告
訴偺们說姐〻你不知道我並不是沒眼色細想和尚
们臟恐怕氣味薰了姐〻们接着他吃茶姐〻又要茶
那个老婆子就拿了他的碗去倒他赶着忙說我吃
臟了的另洗了再拿来這兩件上我冷眼看去原来他
在女孩兒们前不管怎樣都過得去只不大合外人的式所
以他们不知道尤二姐聽說笑道依你說你兩個已是情

投意合了竟把你許了他豈不好三姐見有興兒在傍不便說話只低了頭嗑瓜子兒興兒笑道若論模樣兒行事為人到是一對好的只是他已有了只未露形兒呢將來准是林姑娘定了的因林姑娘多病二則都还小呢故尚未及此再過二三年老太太便一開言却是再無不准的了大家正說話只見隆兒又來了說老爺有事是件机密大事要遣二爺往平安州去不過三五日就起身來回也得半月工夫今日不能來了請二奶奶早和

二姨定了那事明日爺来好作定奪説着帶了興兒也回去了這里尤二姐命掩了門早睡盤问了他妹子一夜至次日午後賈璉方来尤二姐因勸他説既有正事何必忙〻的又来千萬别為我悮了事賈璉道也没甚事只是偏〻的又出来了一件遠差出了月就要起身得半個月工夫纔回来尤二姐道既如此你只管放心前去這里一應不用你記掛三妹子他從不會朝更暮改的他已説了改過必是改過的他已擇定了人你只要他就是了賈璉忙问

是誰尤二姐笑道這人此刻不在這里不知多早晚纔来也
難為他眼力不錯他自已說了這人一年不来他等一年十年
不来他等十年若這人死了再不来了他情願剃了頭當
姑子去呢吃長齋念佛以了今生賈璉問到底是誰
這樣動他的心二姐笑道説来話長五年前我们老娘
家裡作生日媽和我们到那里与老娘拜壽他家請了
一起串客裡頭有個作小生的叫作柳湘蓮他看上了如
今要是他纔嫁舊年我们聞的柳湘蓮惹了一個禍

逃走了不知可来了不曾賈璉聽了説怪道呢我説是個什麽様的人原来是他果然眼力不錯你不知道這柳二郎那様一個標緻人最是冷面冷心的差不多的人他都無情無義的他最合寶玉合的来去年因打了薛獃子他不好意思見人不知那里去了一向後来聽見有人説他回来了不知是真是假一問寶玉的小子们就知道了倘或無没来時他萍踪浪跡知道几年纔来豈不白躭擱了尤二姐道我们這三丫頭説的出来

就幹的出来他怎么说只依他便了二人正说之间只见尤三姐走来说道姐夫你們只放心我不是那心口兩樣的人说什么就是什么若有了姓柳的来我便嫁他從今日起吃齋念佛只伏侍母親等他来了嫁了他去若一百年不来我自己修行去了说着將一根玉簪擊作兩段说一句不真就如這簪子一樣说完回房去了真箇竟非禮不動非禮不言起来賈璉無了法只得和二姐商議了一回家務復回家與鳳姐商議起身之事一面使人問茗烟

茗煙說竟不知道大約未来若来了我必是知道的一面又問
他的街坊也說未来賈璉只得復了二姐至起身之日已
近前兩天便說起身却先往二姐這邊来住了兩夜從
這里再悄悄的長行果見小妹竟又換了一个人樣又見
二姐持家勤慎自是不消記掛是日一早出城竟奔
平安州大路曉行夜住渴飲飢飡方走了三日那日正
走之間頂頭来了一羣馱子内中一夥主僕十来騎馬
走着到来一看不是別人竟是薛蟠和柳湘蓮来了深

為奇怪忙伸馬迎了上来大家一齊相見説些別後寒々
温大家便入一酒店歇下敘談々々賈璉曰咲説自從你
们俩過之後我们忙着請你両個和解誰知柳兄蹤跡全
無信息両个今日到在一處了薛蟠咲道天下竟有這
等奇事我同夥計販了些貨物自春天起身往回里走
一路平安誰知前日到了平安州界遇見一夥強盗
已將東西刼去不想二弟從那邊来了方把賊人赶散
奪回貨物還救了我们的性命我謝他々又不受所以結

拜了生死弟兄如今一路進京從此後我們是親弟兄一
般了到前面岔口上分路他就往南去二百里地有他一
个姑媽他去望候〻〻我先進京去安置了我的事然
後給他尋一所房子尋一门好親事大家過起来貫
璉聽了道原来如此倒叫我們懸了几日心因又聽得
尋親便忙說道我正有一门好親事堪配二弟說著
便將自己娶尤氏如今又要發嫁小姨一節說了出来只
不說尤三姐自擇之話又囑薛蟠且不可告訴家里等生

了兒子自然知道的薛蟠聽了大喜說早該如此這都
是舍表妹之過湘蓮忙說你又忘情了還不住口薛蟠
忙止住不語便說既是這等這門親事定的湘蓮道
我本有願在先定要娶个絕色的女子如今既是貴
昆仲誼顧不得許多了任憑裁奪我無不從命賈
璉笑道如今口說無憑柳兄一見便知我這內娣的品
貌是古今有一無二的了湘蓮聽了大喜說既如此說
等弟探過姑母不過月內就進京來那時再定如何

賈璉笑道你我一言為定只是我信不過柳兄你乃萍
踪浪跡之人倘然淹滯不歸豈不悞了人家的終身
須得留一定礼纔好湘蓮道大丈夫豈有失信之礼小弟
素本貧寒况在客中如何能有定礼薛蟠道我這裡
現成的東西就備一分定礼二哥帶去如何賈璉笑道
也不用金帛之礼須是柳兄親身自有之物不論貴賤
不過我帶去取信耳湘蓮道既如此說弟無别物此
劍防身不能解下囊中尚有一把鴛鴦劍乃吾傳代之寶

弟也不敢私用只随身收藏而已賈兄請拿去為定弟
縱係水流花落之性然亦斷不捨此劍而去說畢解鴛
出劍捧与賈璉〃〃命人收了大家又飲了幾盃方各自上
馬作別不在話下且說賈璉一日到了平安州見了節度
完了公事因又囑他十月以前務要還来一次賈璉領命
次日連忙取路回家曉行夜住那一日進了城便先到尤二姐処
探望誰知自賈璉出门之後尤二姐操持家務十分謹肅每
關门閉戶一点外事不聞他小妹果是个斬丁截鐵之人每

日侍奉母姊之餘只安分守己隨分過活雖是夜晚間孤衾
獨枕不慣寂寞奈一心丢了衆人只念柳湘蓮早々回來
完了終身大事這日賈璉進門見了這般景况喜之
不盡深念二姐之德大家叙些寒温之後賈璉便將路
遇湘蓮一事說了一遍又將死尖劍取出遞与三姐々々接
過來看時上面龍吞夔護珠寶晶瑩一掣裡面却
是兩把合体的一把上面鏨著死字一把上面鏨著央
字冷颼々明亮々如兩痕秋水一般三姐喜不自禁連忙

取来掛在自己繡房床上每日望着劍自喜終身有靠賈璉住了兩天回去復了父命回家合宅相見那時鳳姐已大愈了已出来理事行走了賈璉又將此事告訴賈珍々々因近日又相遇了新友把這事丟開不在心上任憑賈璉裁奪又怕賈璉獨力不加少不得又給了他三十兩銀子賈璉拿了交与二姐預備粧奩等用誰知八月内湘蓮方進了京来拜見薛姨媽又遇見了薛蟠方知薛蟠不慣風霜不服水土一進京時便病倒在家

請醫調治聽見湘蓮来了請入卧房相見薛姨媽也不
念舊事只感救命之恩母子十分稱謝又說起親事一節
凡一應東西皆已妥當只等擇日完婚湘蓮也感激不盡次
日又来見寳玉二人相會如魚得水湘蓮因問賈璉偷
娶二房之事寳玉笑道我聽見茗烟一干人說我却未見我
也不敢多管我又聽見茗烟說璉二哥〻着實問你不知有何
話說湘蓮便將路上所有之事一概告訴寳玉〻〻笑道大喜
難得這个標緻人物果然是个古今絕色堪可配你湘蓮道

既是這樣他那里少了人物如何只想到我况且我又素日不甚和他相厚也關切不至此路上忙忙的就那樣再三的要定礼難道女家反趕著男家不成我自己疑惑起来後悔不該留下那劍作定礼所以後来想起你来可以細細問个底歷纔好寶玉道你原是个精細人如何既放定礼又疑惑起来你原說只要个絶色的如今既得了絶色便罷了何必再疑湘蓮道你既不知他娶如何又知是絶色寶玉道他是珍大嫂子的継母帶来的兩位小姨我在

那府里和他们混了两个月怎庅不知真三一對人物他姓
尤湘蓮聽了(道)跌足(道)這事不好了斷乎作不得了你们東
府里除了两个在頭门獅子干淨只怕連猫兒狗兒都不
干淨我不作這剩忘八寶玉聽(了)睹當时滿臉通紅湘蓮自
悔失言連忙作揖說我該死胡說了你好歹告訴我他的
品行如何寶玉笑道你既深知又來问我作什庅連我也未
必干淨了湘蓮笑道原來是我自己一时忘情好歹別多心
寶玉笑道何必再提這到似有心了湘蓮作揖告辭出來

心下想若去找薛蟠一則他現卧病二則他又浮躁不如竟
去要回定礼為是主意已定便竟来找賈璉ゝゝ正在新
房中聞得湘蓮来了喜之不盡忙又迎出来讓到内室
与尤老娘相見湘蓮只作揖稱老伯母自稱晚生賈
璉聽了咤異吃茶之間湘蓮便道客中偶然忙促誰知家
姑母於四月間定了弟婦使弟無言可回若從了老兄背
了姑母似非合礼若係金帛之定弟不敢索取但此劍
係祖父所遺請仍賜回為幸賈璉聽了便不自在且說道

所定者定也原怕反悔所以為定豈有婚姻之事出入隨意的還要斟酌纔是湘蓮笑道雖如此說弟願領責罰然此事斷難從命賈璉還要饒舌湘蓮便起身說道請兄外邊一叙此處不便那尤三姐在房內明明聽見好容易等了他來今忽反悔便知他在賈府中得了消息嫌自己淫奔無恥之流不屑為妻今若容他和賈璉說退親事那賈璉必無法可處自己豈不無趣一聽賈璉要同他出去連忙摘下那劍來將一把雌劍隱

在衣底出來便說你們不必出去再議還你的定禮便了
一面泪如雨下左手將劍并鞘遞与湘蓮右手回時只望項
上一横可怜揉（嗓）碎桃花紅滿地玉山傾倒再難扶芳（霝）慧
性渺々冥々不知何方去了當下唬的眾人急救不迭尤
老娘一面號哭一面又罵湘蓮賈璉忙揪住湘蓮命
人綑了送官尤二姐忙止泪反勸賈璉說你太多事人
家並無威逼他死是他自尋短見便送他到官又有何益
反覺生事出醜不如放他出去罷豈不省事賈璉此時

也沒了主意便放了手命湘蓮快去湘蓮反不動身泣道我並不知道是个剛烈賢妻可敬〻〻湘蓮反伏屍大哭一場等買了棺木來眼看著入殮又倚棺大哭一場方告辭而去出门正無所之昏〻默〻自想方才之事原来尤三姐這等標緻又這等剛烈自悔不及正走之间只見薛蟠的小厮尋他家去那湘蓮只管出神那小厮帶他到新房之中只見十分齊整忽聽環珮叮噹尤三姐從外面而入一手捧著鴛鴦劍一手捧著一卷冊子向湘蓮泣道

妾痴情待君五年矣不期君果冷心冷面妾已死報此痴
情妾今奉警幻之命前往太虛幻境修註案中所有一
干情鬼妾不忍别故来一會從此再不能相見矣說畢
便走湘蓮不捨忙欲上前拉住問時尤三姐便說来自情
天去自情地前生悮被情惑今既耻情而覺与君兩無
干涉說畢一陣香風無踪無影去了湘蓮驚覺竟
似夢非夢睜眼看時那里有薛家小童也非新室竟
是一座破廟傍邊坐着一個瘸足道士在那里捕虱湘

蓮便起身稽首相問此係何方仙名法號那道士笑道連我也不知道此係何方我係何人不過暫来歇足而已湘蓮聽了不覺冷然如寒冰浸骨掣那股雄劍將萬根煩惱絲一揮而盡便隨那道士不知往那里去了要知端詳且聽下回分解